LE SECRET DU COFFRE AU PÉLICAN

LES AVENTURES DES JUMEAUX GÉNIAUX

sous la direction de
Yvon Brochu

LES AVENTURES DES JUMEAUX GÉNIAUX

LE SECRET DU COFFRE AU PÉLICAN

Christian Lemieux-Fournier

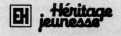

Données de catalogage avant publication (Canada)

Lemieux-Fournier, Christian

Le secret du coffre au pélican (Les aventures des jumeaux géniaux)

(Les jumeaux géniaux)
Pour les jeunes de 8 à 12 ans.

ISBN: 2-7625-8458-2

I. Titre. II. Collection.

PS8573.E5463S42 1997 jC843'.54C96-941084-O
PS9573.E5463S42 1997
PZ23.L45Se 1997

Sous la direction de Yvon Brochu, R-D création enr.
Illustration de la couverture: Sylvain Tremblay
Conception graphique: Claude Bernard
Révision-correction: Marie Cimon
Mise en page: Anie Lépine

Dépôts légaux: 1er trimestre 1997
Bibliothèque nationale du Québec
Bibliothèque nationale du Canada

ISBN: 2-7625-8458-2   Imprimé au Canada

LES ÉDITIONS HÉRITAGE INC.
300, rue Arran, Saint-Lambert (Québec) J4R 1K5
Téléphone: (514) 875-0327
Télécopieur: (514) 672-5448
Courrier électronique: heritage@mlink.net

Les éditions Héritage inc. remercient le Conseil des Arts du Canada du soutien accordé à leur programme d'édition dans le cadre du programme des subventions globales aux éditeurs.

À Noémie, ma dynamique,
un grand sourire pour toute la vie.

CHAPITRE 1

Tu sais pas la meilleure? Papa parle de se faire épiler les oreilles, annonce Colin avec son sourire charmeur en entrant dans la chambre de sa sœur.

Noémie est en admiration devant un petit coffre. Elle le regarde attentivement tout en prenant des notes. Elle répond sans lever la tête de son travail.

— Pas surprenant! Ça doit commencer à être gênant pour lui. Il a plus de poils sur les oreilles que sur la tête, ajoute la petite comique qui ne manque jamais une occasion de taquiner son pauvre père.

Colin approuve en riant aux éclats. Il renchérit même un peu en parlant de l'aspect «œuf de Pâques» du crâne paternel.

— Qu'est-ce que tu fais? demande Colin, intrigué par le travail de sa sœur.

— Je note tous les détails concernant notre coffre.

— On l'a déjà pris en photo plusieurs fois.

— Je le sais, mais le décrire avec des mots précis, en le regardant avec minutie et en le mesurant, va peut-être nous aider à découvrir quelque chose.

— J'ai hâte qu'on aille le montrer à un antiquaire. Il paraît que papa en a trouvé un bon après avoir fait plusieurs appels téléphoniques.

Dans une récente et incroyable aventure[1], les jumeaux avaient découvert ce coffre par hasard. Après avoir été enlevés par un directeur d'école secondaire (assez fêlé merci!), Colin et Noémie avaient été conduits dans un chalet des Laurentides. Ayant réussi à s'enfuir, ils avaient alors trouvé refuge dans une cabane de chasseur abandonnée. Et... c'est sous cette cabane que le précieux coffre était enfoui! Un vrai coup de chance! Un cadeau du ciel!

L'enfouissement prolongé dans le sol humide en avait masqué les détails et le coffre ressemblait à un objet sans grande importance. Il était plutôt terne et défraîchi. Grâce à un produit servant à polir l'argenterie, les jumeaux avaient réussi, en frottant avec ardeur, à redonner à ce petit coffre un lustre impressionnant.

Le coffre a maintenant fière allure. J'ai été renversé en le voyant. Il est vraiment très beau! Une œuvre d'art! Bien que beaucoup plus petit, il a la forme d'un coffre de pirates avec le dessus bombé comme un gros ventre gras et dodu. En fait, il a la dimension d'un gros coffre à bijoux: il mesure précisément trente-huit centimètres de longueur, vingt centimètres de largeur et, dans sa partie la plus haute, il atteint vingt-six centimètres.

— As-tu noté la drôle de tête d'oiseau en

---

[1] *Dans les crocs du tyran*, Série **Les aventures des jumeaux géniaux**

plein milieu, juste en dessous de la serrure? demande Colin avec intérêt et curiosité.

— Oui, c'est beau, hein? Et puis, il y a des fleurs de lys dans les coins, d'autres sortes de fleurs, des étoiles et des tiges un peu partout...

— Il me semble que j'ai déjà vu cette tête d'oiseau quelque part... Mais où? dit Colin en se grattant la tête.

Il réfléchit avec tellement d'intensité que ses oreilles en frétillent.

— Ah oui! Je l'ai!

Il s'élance en courant en direction de sa chambre et revient avec un album de Tintin. Noémie est surprise.

— C'est ce qu'on appelle une soudaine envie de lire.

— Mais non! Regarde. (Colin ouvre l'album *Le sceptre d'Ottokar* à la page 21 et il montre à sa sœur l'oiseau qui couronne le sceptre.) Tu trouves pas qu'il ressemble à l'oiseau de notre coffre?

Noémie regarde attentivement l'illustration.

— T'as raison. Les ailes de l'oiseau de notre coffre sont moins ouvertes, mais je vois une certaine ressemblance.

— T'en as l'air d'une certaine ressemblance! Tu vois bien que c'est le même oiseau.

— Cela veut sûrement dire qu'on a trouvé un coffre syldave à Sainte-Marguerite, ajoute la moqueuse.

— Mais non! Espèce de cloporte à

roulettes. La Syldavie n'existe pas et, de plus, notre coffre est orné de fleurs de lys.

— Donc, notre coffre est français ou québécois, selon sa date de fabrication.

— Quelle perspicacité!

Les jumeaux se taquinent souvent avec entrain et entêtement, mais ils s'aiment bien malgré tout. Leurs divergences d'opinions ne les empêchent pas de s'entendre ni de partager plusieurs activités. Heureusement! Sinon, ce serait l'enfer et le drame au quotidien! Bien sûr, on peut tuer son frère... Vous vous souvenez sans doute des frères Caïn et Abel? La conséquence du fratricide de Caïn ne fut cependant pas des plus heureuses. C'est le moins qu'on puisse dire!

$$ \text{🦩🦩🦩} $$

— Hé! Les enfants! Qu'est-ce que vous faites? demande Michèle, la mère des jumeaux, en entrant dans la maison.

— Nous effectuons un relevé minutieux et scientifique des particularités de notre coffre, répond Noémie avec ironie.

— Est-ce qu'on va bientôt aller chez l'antiquaire? Ça fait une semaine qu'on attend, ajoute Colin avec un brin d'exaspération dans la voix.

— Mais oui, j'avais dit que nous irions aujourd'hui. Je vous attends, répond Michèle.

Les jumeaux sont contents! Il faut dire

qu'ils possèdent le coffre depuis maintenant deux semaines. Ils ont très hâte de le faire évaluer et, surtout, de savoir ce qu'il contient. Car le coffre est fermé à clé et il renferme peut-être un trésor...

Ils n'ont pas oublié ce que leur avait dit madame Hayouskava, une résidente de Sainte-Marguerite qui avait capté leur signal de détresse aux abords du lac. Cette sympathique et excentrique danseuse les avait ramenés chez elle sains et saufs. En apprenant que les jumeaux avaient découvert un coffre dans les bois, elle leur avait alors parlé d'une légende concernant un trésor caché. Se pourrait-il que leur coffre recèle le trésor de la légende? Pourquoi pas?

D'autant plus qu'on entend de drôles de bruits en le soulevant ou en le manipulant... Les jumeaux n'osent pas trop le secouer de peur de briser quelque chose. Pensez-y, ils sont peut-être en possession d'un faramineux trésor! Des émeraudes, des rubis, quelques diamants, des bijoux! Qui sait?

Vous aussi, chers lecteurs, vous avez sûrement hâte de satisfaire votre curiosité. Si vous me promettez de garder le secret, je vais vous faire une confidence. Marché conclu?... Moi qui vous raconte cette histoire, j'aimerais aussi tellement connaître le contenu du coffre. Soyons franc, j'en brûle d'envie!

— Nous arrivons! s'écrient les enfants.

Les jumeaux emportent leur précieux coffre

et se dirigent vers la voiture en proclamant
avec assurance:

— Nous voilà, monsieur l'antiquaire!

Quel choc! Toute une boutique d'antiquités! Un véritable capharnaüm où s'entassent, pêle-mêle, meubles et objets d'époque: commodes, lampes, fauteuils, fers à repasser, services de vaisselle, vases, parapluies, jouets, barattes à beurre, berceaux, pots de chambre, crachoirs de luxe, moulures sculptées, girouettes en bronze, outils et articles de quincaillerie, de la poignée de porte au clou d'époque... Tout est entassé de façon désordonnée et c'est à se demander comment certains trucs-machins font pour tenir en équilibre les uns sur les autres. Il faut un œil avisé pour isoler l'objet convoité dans cette masse hétéroclite, un œil capable de reconstituer le tout à partir d'une petite partie visible.

De nombreux tableaux s'empilent dans tous les coins et plusieurs autres sont accrochés n'importe comment aux murs. En voyant une peinture représentant une chasse à courre où le petit renard se fait déchiqueter par une meute de chiens, Colin s'exclame d'un air dégoûté:

— C'est pas parce que c'est vieux que c'est beau!

Lui, un ami des animaux, a le cœur en boule; il s'éloigne rapidement du renard à l'agonie.

Quelques magnifiques lits à baldaquin trônent parmi ce bric-à-brac et Noémie se demande pourquoi on a eu l'idée saugrenue de les ensevelir sous des bacs à laver, des glacières centenaires et des seaux vermoulus.

Tout est recouvert d'une épaisse couche de poussière uniforme. Comme si la saleté ajoutait des années aux objets! Au fond du magasin, un petit vieux à tête blanche est penché sur un livre qui raconte probablement une histoire très ancienne. L'héroïque trio réussit à se frayer un passage à travers les meubles, bibelots et autres antiquités chancelantes pour arriver enfin au bureau de l'antiquaire.

— C'est drôle! Il lit une bande dessinée, un livre de la série *Mafalda*, dit Noémie.

Comme elle aime bien le personnage de Mafalda, elle essaie de voir de quel album il s'agit.

— Monsieur Julius Boivin? demande Michèle au vieil homme.

L'antiquaire lève enfin la tête... Pour une antiquité, il n'est pas très ridé.

— Mais vous êtes tout jeune! s'exclame Michèle.

— Julius Boivin, c'est mon oncle. Je le remplace pour quelques jours, explique l'antiquaire.

Les jumeaux sourient. Ils ont toujours aimé les déguisements.

— Il me semble que ça ne fait pas très

sérieux un jeune antiquaire. C'est pour ça que je m'habille avec de vieux vêtements et que je porte une perruque, ajoute le jeune vieux.

— Ah bon!

Drôle d'idée! Vous ne trouvez pas?

— Franchement! C'est pas nécessaire d'avoir l'âge des objets qu'on vend, assure Noémie.

— Surtout lorsqu'on vend des meubles bicentenaires, dit Michèle.

— Ouais! Faut pas pousser, affirme Colin. Et il ajoute en riant: comme vous vendez beaucoup de barattes, vous auriez pu vous déguiser en baratte à beurre.

— Vous seriez plutôt joli en cruche de la Nouvelle-France, dit Noémie.

Les jumeaux s'en donnent à cœur joie. Le neveu de l'antiquaire est un plaisantin et il décide d'entrer dans le jeu.

— Je me suis déjà déguisé en *horloge grand-père,* mais j'étais pas mal fatigué de toujours faire tic-tac avec ma tête.

Tous s'esclaffent. On rigole tellement qu'on soulève la poussière.

— Ne riez pas trop fort, on va étouffer, explique le faux vieux.

Si les jumeaux étaient allergiques à la poussière, ils renifleraient comme des hippopotames enrhumés ou seraient près de rendre l'âme.

— Mon mari a parlé à votre oncle au sujet de l'expertise de notre coffre.

— NOTRE COFFRE! précisent les jumeaux en protégeant leur précieux trésor.

— Bon, bon, à propos du coffre de nos enfants. Est-ce que vous pouvez déterminer l'origine et l'authenticité de ce coffre?

— Bien sûr que non! Je ne connais rien aux antiquités moi, répond sans gêne le jeune remplaçant à perruque. Je rends service à mon oncle et je ne suis là que pour vendre les articles du magasin.

— Ça nous avance pas beaucoup, marmonnent, très déçus, Noémie et Colin.

— Est-ce que votre oncle va revenir bientôt? s'informe Michèle.

— Je ne sais pas exactement, demain, la semaine prochaine... Lorsqu'il part à la chasse, on ne sait jamais quand il reviendra.

— À la chasse! crie Colin. On s'en va d'ici, on laissera pas notre coffre à un tueur d'animaux, ajoute-t-il très fâché.

— Mais non, à la chasse aux antiquités, jeune homme. Il se promène un peu partout, il va chez de vieux cultivateurs ou encore il se rend aux encans, aux ventes-débarras, aux ventes de succession, dit le neveu.

— Ah...

Colin est soulagé. Il lui suffit d'imaginer un animal en danger pour être bouleversé. Par contre, la chasse aux antiquités est beaucoup moins cruelle.

— Vous pouvez me confier votre coffre et mon oncle va l'examiner à son retour.

— Laisser notre coffre ici! s'exclament Noémie et Colin. On le retrouvera jamais!

— Pas de panique, les jeunes! Je le déposerais dans la pièce à l'arrière. Ce serait la solution la plus pratique pour vous. Sinon vous allez devoir revenir le porter.

Grosse décision à prendre! Le trio se consulte. Si l'oncle est là demain, ils peuvent facilement revenir puisque c'est le début de la fin de semaine. Mais, si l'antiquaire s'absente plus longtemps, aucun membre de la famille ne pourra venir porter le coffre à la boutique. En effet, les parents des jumeaux travaillent tous les deux et Colin et Noémie ne veulent pas se déplacer seuls en autobus ou en métro. Ils ont trop peur de se faire voler leur trouvaille. Par contre, en laissant leur coffre aujourd'hui, ils pourront revenir mardi puisqu'ils seront en congé cette journée-là. Mais l'endroit est-il sûr?

Que faire? Leur coffre est si précieux!

— Si nous vous le confions, allez-vous nous remettre un reçu? demande Noémie avec appréhension.

— Bien sûr.

— J'ai une meilleure idée, dit Colin en sortant de sa poche une photo du coffre. Vous allez écrire à l'endos de la photo que nous avons laissé ce coffre aux fins d'expertise par monsieur Julius Boivin, antiquaire. N'oubliez pas de signer et d'inscrire la date.

— Bonne idée, réplique le jeune à la

perruque blanche en commençant déjà à écrire. Ainsi la description de l'objet sera encore plus précise.

— Aussitôt que votre oncle est de retour, demandez-lui de communiquer avec nous, ajoute Michèle.

— D'accord.

Les jumeaux décident finalement d'adopter cette solution malgré leur réticence à se départir de leur précieux butin. Munis de leur photo-reçu, ils rentrent à la maison en imaginant toutes sortes d'histoires inquiétantes au sujet de ce coffre mystérieux.

Est-ce qu'on peut savoir où tu étais?

— Franchement! T'es même pas venu avec nous chez l'antiquaire!

— Ouais! Espèce de père absent à la gomme *baloune*.

Ernest, le père des jumeaux, se fait passer un savon par sa progéniture en colère. Depuis quelques jours, il est plus souvent absent...

— Et puis? Que vous a dit monsieur Boivin? demande Ernest, très intéressé.

— Il était même pas là ton antiquaire!

— Lui non plus!

En se coupant constamment la parole avec les ciseaux de l'impolitesse, Michèle et les jumeaux expliquent à Ernest ce qui s'est passé à la boutique d'antiquités.

— Ah bon! Ce n'est pas trop grave, dans quelques jours nous saurons tout.

— Mais toi! Où étais-tu?

Ernest sourit et se passe la main sur la coquille ou, si vous préférez, sur le dessus de la tête. Il attend un peu avant de parler, avec l'intention malicieuse d'agacer sa famille. Puis, il dit sur un ton énigmatique:

— Assoyez-vous, j'ai une nouvelle qui va sûrement vous plaire, déclare-t-il en soignant son effet et en tournant autour de la table.

Ernest n'ajoute plus rien et sourit.

— Bon. Oui. On attend. C'est quoi cette fameuse nouvelle?

Ernest est dans la lune ou feint de l'être.

— Tu prends un malin plaisir à nous faire languir! s'écrient les jumeaux avec impatience.

— Mais non voyons, je n'oserais jamais. Voulez-vous un verre de lait ou de jus?

— Ernest! Cesse tes enfantillages. On dirait que tu veux absolument qu'ils se mettent en colère, dit Michèle, un peu lasse du manège de son mari.

— Moi! Avoir une telle intention? Jamais de la vie! répond Ernest, avant de s'esclaffer.

Les jumeaux prennent une grande inspiration en se disant qu'il est préférable de respirer par le nez plutôt que d'étrangler leur père.

— Bon, voilà, vous avez trouvé un très beau coffre et...

— Tu parles d'une nouvelle!

— Comme si on le savait pas!

— Tant pis. Si vous ne me laissez pas parler, je ne pourrai pas vous annoncer la nouvelle, soupire Ernest d'un air nonchalant en quittant tranquillement la pièce.

Les jumeaux se regardent et inspirent un autre grand coup.

— O.K.! Vas-y, on dit plus rien.

Ernest hésite. Il songe à faire durer le plaisir encore quelques minutes, mais un bref regard à sa famille lui indique clairement que s'il ne parle pas bientôt, il devra composer le 9-1-1 pour assurer sa sécurité.

— Comme à mon habitude, je vais donc aller droit au but : nous avons acheté le terrain sur lequel se trouve la cabane du chasseur.

— Hein! Quoi?

— C'est vrai?

— Oui, c'est vrai, ajoute Michèle qui était de connivence avec son mari.

— C'est super! On va pouvoir entreprendre des fouilles sérieuses, de vraies recherches archéologiques! s'exclame Colin en imaginant déjà la découverte d'autres objets merveilleux.

— Quand est-ce qu'on y va? Quand est-ce qu'on y va? demande une Noémie folle de joie.

— On avait pensé aller camper sur notre terrain en fin de semaine, dit Michèle d'un air satisfait.

— Cette fin de semaine! crie le duo.

— Oui, maintenant.

— On met les bagages dans l'auto et on part.

— WOW!

Toute la famille, et plus particulièrement les jumeaux, s'active avec vitesse et efficacité. On se précipite sur les sacs de couchage, on sort le poêle *Coleman* qu'on place dans le coffre de la voiture, on va chercher l'abri antimoustiques, la tente et les piquets à la cave, on couche les toutous en peluche et les «doudous» dans un grand sac à poignées, on boucle les valises... Probablement un nouveau record mondial: trente-trois minutes quarante-cinq secondes.

Cet emplacement qui stimule tant l'imagination des jumeaux est situé dans les Laurentides, un peu au nord de Sainte-Marguerite, dans une région très peu peuplée. La forêt y est assez dense et est constituée de plusieurs types de conifères et de quelques espèces de feuillus. Le terrain est bordé au nord par un joli petit lac. Le voisin le plus proche est à plus d'une heure de marche; si l'on possède une embarcation, il est possible de trouver quelques chalets assez rapidement de l'autre côté du lac. C'est d'ailleurs là qu'habite madame Hayouskava, presque en face du terrain des Bouclair-Latendresse.

Mis à part la cabane en décomposition sous laquelle Noémie et Colin ont découvert par hasard leur précieux coffre, aucune autre construction ne s'élève sur leur lopin de terre.

— Papa, as-tu vu notre dernière découverte? demande Noémie en montrant ses notes et une photo du coffre.

— Regarde la tête de pélican gravée juste en dessous de la serrure, ajoute rapidement Colin pour prendre Noémie de vitesse.

— Un pélican!

Ernest, surpris, regarde attentivement la photo. Il voit bien le pélican et les fleurs de lys tout autour.

— C'est curieux. Dans l'histoire de notre pays, il n'est pas fait souvent mention du pélican. Attendez... vous rappelez-vous du bateau du même nom?

— *Le Pélican*! C'est pourtant vrai! dit Noémie.

— Le bateau de Pierre Le Moyne d'Iberville, ajoute Colin ravi.

— Votre coffre a peut-être un lien avec *Le Pélican*, dit Michèle. Dommage que la réplique ne soit plus amarrée dans le vieux port de Montréal.

— On va passer à la bibliothèque avant de partir, exige Colin. Il nous faut absolument de l'information sur *Le Pélican* et sur d'Iberville.

— Oui, et puis nous aurons beaucoup de temps pour lire en route, ajoute Noémie avec conviction.

On court chercher des cartes géographiques, on ferme la maison et on se rend à la bibliothèque pour emprunter quelques livres avant de partir camper dans les Laurentides.

Les jumeaux trouvent plusieurs biographies de Pierre Le Moyne d'Iberville, grand guerrier, marin et conquérant. Avant même que la voiture ne démarre en direction de la campagne, Noémie et Colin ont le nez dans les livres et dévorent avec avidité des tranches de vie du grand héros de la Nouvelle-France. C'est avec enthousiasme qu'ils approfondissent leurs connaissances sur ce fameux personnage de leur histoire.

Le 5 septembre 1697, peu après l'aurore, lorsque le soleil commence à faire briller les glaciers dans la baie d'Hudson, Pierre Le Moyne d'Iberville, capitaine du vaisseau *Le Pélican*, voit poindre au loin les voiles de trois navires. Au début, le commandant croit qu'il s'agit des navires français de son escadre éloignés par le mauvais temps. Mais il constate rapidement qu'il s'agit de bateaux ennemis quand il voit les trois vaisseaux foncer sur lui... Avec détermination et bravoure, d'Iberville se prépare à combattre.

Rien n'effraie le vaillant capitaine, surtout pas la supériorité numérique de l'adversaire anglais. Avec ses quarante-quatre canons, *Le Pélican* affronte seul trois vaisseaux ennemis: le *Hampshire*, le *Dering* et le *Hudson Bay*. Le premier est un gros bateau de guerre armé de cinquante-six canons! Le *Dering* en a trente-six et le *Hudson Bay* aligne trente-deux pièces montées. Les Anglais sont en formation de combat avec le *Hampshire* à leur tête. Cent vingt-quatre canons contre quarante-quatre!

On demande à d'Iberville de se rendre. Il répond en attaquant le *Hampshire* avec tant de vitesse et d'impétuosité que ce dernier doit manœuvrer pour éviter d'être abordé.

Non! Il ne se rendra pas!

La canonnade est intense! Les boulets pleuvent de tous les côtés! Les Anglais tentent d'atteindre les mâts du *Pélican*, mais une manœuvre habile du capitaine permet au vaisseau de se faufiler entre les navires ennemis. Après plus de trois heures d'une lutte acharnée, les canons du *Pélican* atteignent le *Hampshire* de plein fouet.

Le *Hampshire* coule!

Du côté ennemi, c'est la stupéfaction! Profitant de son avantage, d'Iberville monte à l'abordage du *Hudson Bay* et l'équipage se rend sans résistance. Le capitaine du *Dering* décide de prendre la fuite toutes voiles dehors. La victoire est totale!

Au moment où d'Iberville crie sa joie, Colin se réveille en sursaut. L'image des voiles du *Dering* en fuite s'estompe peu à peu... La vision de tant d'eau stimule son besoin de soulager sa vessie, il prend la lampe de poche et sort de la tente. Appuyé contre un bouleau blanc, il se prend à rêvasser au *Pélican*. Il est quatre heures du matin.

Pendant ce temps, Noémie rêve à un pays merveilleux et exotique, fruit de ses lectures de la soirée et d'une partie de la nuit... À bord du navire *Le Marin*, d'Iberville scrute depuis plusieurs semaines la côte du golfe du Mexique à la recherche de la coulée «d'eau blanche et bourbeuse» décrite par le sieur de La Salle comme point de repère situant le delta du Mississipi. Ce grand fleuve traverse l'Amérique, du nord au sud, à partir des grands lacs et la découverte de son embouchure ouvrirait à la Nouvelle-France un débouché commercial vers le sud tout en empêchant la poussée anglaise vers l'ouest.

Cette mission étant de toute première importance, le roi de France a choisi Pierre Le Moyne d'Iberville pour la mener à bien. Ce dernier doit faire preuve de prudence et de diligence dans la conduite des opérations, car il ne doit pas éveiller l'hostilité des Espagnols qui voient d'un très mauvais œil la présence des Français à proximité de leurs colonies. De plus, les Anglais sont eux aussi à la recherche de l'embouchure du Mississipi et d'Iberville doit agir promptement. À plusieurs reprises, il longe le littoral en canot d'écorce afin de mieux scruter les baies et les anfractuosités de la côte...

Le 2 mars 1699, Pierre Le Moyne découvre enfin l'embouchure du grand fleuve en cherchant un abri naturel pour ses navires menacés par une tempête. C'est ainsi que débute l'épopée d'une nouvelle colonie française en Amérique, la Louisiane, dont il fut le premier gouverneur. La vision romantique d'une Louisiane exotique disparaît soudainement, hélas! Noémie se réveille! Les nombreux croassements des corbeaux tapageurs lui ont fait quitter la somptueuse voie du rêve...

Décidément, la lecture stimule l'inconscient de nos deux héros.

Qu'est-ce que vous faites? Venez déjeuner.

— On n'a pas faim et on n'a pas le temps. On délimite un périmètre d'excavation, répondent les jumeaux sans même prendre le temps de regarder leurs parents.

— Vous délimiterez après. Venez déjeuner, réplique Ernest en haussant la voix.

Le ton fâché de leur père ne ralentit en rien l'élan des jumeaux. Ils ne semblent pas plus influencés par cela qu'ils ne le seraient par le vol anodin d'une mouche paresseuse.

— Vous saurez que les grands chercheurs prennent toujours un bon déjeuner, ajoute Michèle, plus astucieuse.

— C'est vrai ça! Si vous ne mangez pas maintenant, dans une heure vous serez obligés de vous arrêter.

— De toute façon, nous profiterons du déjeuner pour établir un plan des opérations, dit encore Michèle qui, décidément, s'y connaît en stratégie.

Comme le succès de leur expédition archéologique semble dépendre du déjeuner, les jumeaux acceptent de manger. Ils vident deux boîtes de céréales et deux litres de lait.

— Une chance que vous n'aviez pas faim! Vous mangez comme si c'était de la moulée pour les cochons, dit Ernest qui trouve toujours le mot gentil pour semer la zizanie.

En personnes bien élevées, les enfants évitent de parler la bouche pleine, mais leurs yeux expressifs étincellent de colère.

Les parents rient. Quoi de plus amusant que de faire fâcher son enfant? Quel délice! Cela met du sel, du poivre et bien des épices dans la vie. Et puis, à quoi cela sert-il d'avoir des enfants, si on ne peut même pas s'amuser un peu à leurs dépens? C'est vrai quoi! Les parents aussi ont droit à leurs plaisanteries. Tout est dans le dosage... Sinon, gare aux crises d'hystérie!

— Bon. Maintenant, si on délimitait un petit périmètre d'excavation, dit Michèle en souriant.

— Vous avez trouvé le coffre sous la cabane? demande gentiment Ernest.

— Tu le sais! Ça fait au moins dix fois qu'on te le dit! rugit le duo.

«Qui sème la chicane, récolte la tempête.» Et tant pis pour Ernest, il n'a que ce qu'il mérite.

— Dans ce cas, on va démolir la cabane qui nuit à nos recherches, ajoute-t-il.

— NOS recherches! répliquent vivement vous savez qui.

— O.K., VOS recherches. Nous allons démolir la cabane, planche par planche, au cas où nous trouverions quelque chose d'intéressant à l'intérieur.

— Bonne idée. Et nous allons pouvoir nous

faire un beau petit feu ce soir avec les planches, dit Michèle qui adore les feux de camp.

Chaque fois qu'elle voit une bûche, elle rêve de la brûler. Une vraie pyromane!

La famille établit rapidement le plan des opérations qui consiste principalement à laisser les jumeaux être les maîtres d'œuvre de l'ensemble des fouilles, car ils sont, de loin, ceux qui se fâchent le plus vite. Et c'est ainsi que la cabane est entièrement démontée pièce par pièce dans la bonne humeur et avec une rapidité surprenante. Malheureusement, elle ne recèle aucun trésor, uniquement des déchets de toutes sortes. Ensuite, tous travaillent avec précaution et minutie, pour ne pas endommager les murs en pierre des anciennes fondations.

— Franchement, c'est quand même bizarre qu'on ait trouvé le coffre ici, s'étonne Noémie.

— Oui, surtout que la colonisation des Laurentides n'a été entreprise que beaucoup plus tard, ajoute Colin.

— Par exemple, d'Iberville aimait beaucoup travailler avec les coureurs des bois et il en embauchait souvent.

— Ouais, t'as raison! C'est peut-être un coureur des bois qui a apporté notre coffre ici.

Tout en travaillant avec ardeur, les jumeaux émettent différentes hypothèses. Tout cela est si intrigant! D'autant plus qu'ils ont maintenant l'intime conviction que leur coffre est lié à l'histoire du *Pélican* et à son célèbre capitaine, le chevalier Pierre Le Moyne, sieur d'Iberville. Dans un des livres empruntés à la bibliothèque, ils ont trouvé un chapitre consacré à l'héraldique, la science relative aux blasons, symboles et armoiries. En regardant les illustrations, ils ont pu voir des éléments décoratifs identiques à ceux de leur coffre, dont la fameuse tête de pélican.

Ils auraient donc découvert un coffre du XVIIe siècle! Formidable! Il y a de quoi en rêver la nuit!

— T'imagines! Si en plus on trouvait un autre coffre, un très gros, comme dans les films! s'exclame Colin.

— Ce serait super! Ou encore des épées, des colliers, des parures, ajoute Noémie les yeux brillants.

— Un journal de bord, des textes authentiques, des parchemins précieux, dit Ernest.

— Des cartes géographiques, des plans de colonisation, une autobiographie de Pierre Le Moyne d'Iberville, des œuvres d'art, soupire Michèle.

Avec de petites pelles servant habituellement à construire de fabuleux châteaux de sable, les jumeaux et leurs parents repoussent la terre tout en rêvant et ils dégagent bientôt l'ancienne habitation. Avec application, ils numérotent et placent à l'écart chacune des pierres détachées des murs. Elles sont disposées soigneusement, les unes à côté des autres, reproduisant ainsi au sol le modèle de la maison.

Emportés par leur enthousiasme, les jumeaux chantent, tout en creusant, même s'ils n'ont encore rien découvert d'intéressant. Les pierres du mur où était enfoui le coffre sont maintenant tout à fait dégagées. À présent, il est facile d'indiquer avec exactitude l'emplacement du coffre, car la cachette aménagée à l'intérieur du mur est bien visible. On distingue également l'emplacement de la porte et le contour de toute la demeure. C'était une petite maison qui servait probablement d'entrepôt pour les fourrures.

— Aïe! J'me suis piqué! hurle Colin.

— Wow! Formidable! On est chanceux!

— Chanceux! Parce que j'me suis fait mal? Y'a pas à dire, t'es gentille avec moi, ronchonne Colin.

— Franchement! C'est pas pour ça que j'suis contente. Regarde avec quoi tu t'es fait mal! Avec une griffe d'animal! (Noémie remue la terre et trouve d'autres vestiges.) Regarde, Colin!

Colin se penche et fouille avec sa sœur. Ils mettent au jour un très bel assortiment de griffes, de dents et de crocs d'animaux. Ces trouvailles vont rehausser la valeur de leur collection zoologique. Encouragés par les résultats obtenus, tous poursuivent leurs recherches avec un intérêt renouvelé. Ils dégagent peu à peu quelques morceaux de poterie, divers ustensiles et un gobelet en étain. Ces artefacts sont précieusement déposés dans une boîte. Puis, les jumeaux regroupent les pièces zoologiques dans un endroit sûr.

Le soleil se couche lentement. Il est temps d'arrêter. D'autant plus qu'ils sont fatigués, surtout les deux plus vieux. Les jumeaux cessent les fouilles sans rechigner. Ils sont fourbus même s'ils sont trop orgueilleux pour l'admettre. On mange un bon spaghetti avec application, appétit et une bonne couche de fromage râpé.

Toute la famille est maintenant réunie autour du feu de camp. Avant d'aller se coucher, les jumeaux feuillettent leurs livres en espérant découvrir le lendemain d'autres objets merveilleux.

CHAPITRE 6

Julius Boivin, septuagénaire sympathique d'allure excentrique, est un antiquaire solitaire et un homme heureux. La richesse des choses du passé le comble. C'est en découvrant de vieux objets qu'il nourrit et assouvit sa curiosité intellectuelle. Le moindre ustensile est pour lui l'occasion de mieux connaître et d'aimer davantage le monde de ses ancêtres. Prenant dans ses mains quelque objet centenaire d'usage courant, il peut facilement s'émouvoir en pensant à tous les services que cet objet a rendus. Lorsqu'il tourne lentement entre ses longs doigts maigres une louche datant de l'époque de la Nouvelle-France, il voit bien au-delà du simple ustensile utilisé pour servir la soupe, conscient du rôle et de l'importance de ce banal outil dans la vie de tous les jours. Parfois il verse une larme, puis il sourit, heureux de sa chance d'être animé d'une telle passion. Voilà comment ce vieil homme occupe ses journées...

Les gens sont toujours surpris en le voyant pour la première fois. Il a de longs cheveux secs et tout blancs qui lui tombent jusqu'au milieu du dos et une barbe abondante, frisée et touffue, toujours coupée de travers. Il lui arrive fréquemment d'oublier de se peigner les cheveux et la barbe pendant plus d'une semaine avant de réaliser un bon matin que sa barbe est trop longue. «Tiens, ma barbe est trop longue», s'étonne-t-il en passant devant le miroir par hasard. Il prend alors une paire de ciseaux et commence à se tailler la barbe du côté gauche, mais il ne termine jamais sa coupe. Après trois ou quatre coups, il pense à autre chose et laisse tomber son travail de barbier pour aller admirer un objet qu'il vient d'acquérir. Il oublie simplement sa barbe. Il oublie également de se laver et il oublie toujours de repasser ses vêtements. S'il lui arrive de bien boutonner sa chemise, c'est vraiment un coup de chance. Il porte de drôles de souliers avec des fers aux talons. Chaque fois qu'il marche, on pense qu'il va se mettre à danser la claquette, mais on se détrompe rapidement car cela ne lui arrive que très rarement. Il a tout simplement fait poser des fers pour ne pas user ses talons, non pas par souci d'économie mais bien pour éviter de perdre du temps dans les magasins. Même s'il peut passer des heures à admirer un berceau antique dans une vente-débarras, il déteste consacrer cinq minutes à se choisir une chemise ou une paire de souliers. «À chacun ses priorités», dit-il souvent pour expliquer le laisser-aller de son habillement.

Enfin, Julius est myope comme une taupe et il porte des verres aussi épais que des fonds de bouteilles de *7up*. Un drôle d'oiseau! Vraiment! Un grand distrait que de méchantes langues appellent «l'antique épouvantail». Mais ce sobriquet ne le gêne pas du tout, il s'en fiche éperdument.

Monsieur Boivin est revenu dimanche matin de sa dernière chasse aux trésors. Sa tournée lui a été profitable, car il a rapporté plusieurs objets, dont un gramophone. Une belle pièce, en bon état! Le genre de choses qui plaît à sa clientèle. Comme ces trucs se vendent bien, il s'assure ainsi d'un revenu décent, ce qui lui permet de conserver son commerce et de manger de la soupe tous les jours.

Chaque fois qu'il revient de voyage, il entre dans sa boutique, va s'asseoir sur sa chaise au fond du magasin et il admire tous les objets qu'il a accumulés au fil des ans. Il est alors satisfait du travail accompli, car il a la certitude de sauver le passé de l'oubli.

Son neveu vient de déposer sur son bureau le coffre que les jumeaux lui ont confié pour expertise.

— Les deux enfants sont très gentils, leur mère aussi et, de plus, elle est très jolie, dit le faux vieux au vrai vieux.

Mais déjà Julius n'entend plus. Il regarde le coffre, le tourne et le retourne, fronce les sourcils, caresse les ornements du bout des doigts et s'étonne. Quel travail! Une œuvre d'art! Tout est si finement sculpté. La thématique est ancienne et la façon de présenter les différents éléments décoratifs l'est également. Un beau coffre! Vraiment! Julius est un peu dérouté. Quoique le coffre soit très ancien, certains détails, tels que des petits castors à moitié cachés par des feuilles, le portent à penser qu'il n'est pas français bien qu'appartenant à notre patrimoine. Probablement un coffre réalisé à l'époque de la Nouvelle-France. Un tel travail était rare au début de la colonie, alors qu'il fallait lutter pour survivre et songer davantage à manger chaque jour qu'à créer des œuvres d'art.

Croyant reconnaître certaines parties des armoiries d'une famille célèbre de la Nouvelle-France, l'antiquaire va consulter un ouvrage de référence sur l'héraldique... Oui, c'est bien cela! Il s'agit des armoiries de la famille Le Moyne. Plus précisément de Charles Le Moyne, le père de Pierre. Il distingue très bien une lune encadrée de deux étoiles puis, en dessous, trois fleurs disposées en triangle. Maintenant Julius vient de reconnaître le pélican, sûrement sculpté ici en souvenir du célèbre vaisseau de Pierre Le Moyne, sieur d'Iberville...

«L'antique épouvantail» est estomaqué!

Julius ne doute plus qu'il a devant les yeux un coffre précieux. Il tente maintenant de l'ouvrir avec l'un ou l'autre des nombreux passe-partout qu'il possède. Peine perdue. Ce coffre doit être doté d'une serrure spéciale. L'antiquaire n'insiste pas. Il serait presque criminel d'abîmer un coffre dont la valeur est sans aucun doute inestimable.

Monsieur Boivin manipule le coffre avec précaution et il appuie son oreille contre une paroi. Il entend plusieurs bruits différents, ce qui le porte à penser que ce coffre, bien qu'assez léger, contient plusieurs objets. Formidable! Il doit à tout prix prévenir les propriétaires. Il faut les avertir au plus tôt qu'ils possèdent un trésor digne de figurer parmi les plus importantes collections des musées les plus prestigieux. Il téléphone donc chez les Bouclair-Latendresse.

— Allô! C'est qui?... Ah, c'est toi! Bien, laisse-nous donc un message! lui répond gaiement une voix juvénile masculine enregistrée.

L'antiquaire est surpris. Il n'a pas l'habitude d'entendre des messages aussi directs et dynamiques. Sur leur répondeur, les gens sont habituellement plus mielleux et adoptent un ton plus officiel. Il répond tout de même très rapidement et laisse aux Bouclair-Latendresse un message empreint d'émotion.

— Bonjour. Julius Boivin à l'appareil. Je viens de commencer l'expertise de votre coffre et je crois pouvoir déjà vous affirmer que vous possédez là un objet inestimable. Rappelez-moi dès que possible.

Dès le lever du jour, les jumeaux reprennent le travail. Ils sont si absorbés par leur tâche qu'ils entendent à peine le gazouillis et le chant des oiseaux. Ils ont regroupé dans une boîte spéciale les griffes, les dents et les crocs des animaux et ils ont hâte d'arriver à la maison pour les identifier correctement à l'aide de leur livre de zoologie.

— Vous êtes rapides ce matin, dit Ernest en se levant.

— Avez-vous bien dormi? demande Michèle en s'étirant.

Les enfants sont trop affairés pour répondre.

— On est chanceux, ajoute leur mère. Il fait encore beau ce matin.

Le duo marmonne quelques «ouais, ouais» pendant que les parents s'installent pour préparer le déjeuner. Les enfants s'accordent une pause syndicale de quinze minutes pour engouffrer un pain et un gros pot de beurre d'arachides puis, tels des ouvriers consciencieux, ils retournent à leur fouille en sifflant.

— Si vous étiez aussi rapides pour faire le ménage de vos chambres, ce serait parfait, avance Ernest en souriant.

Les jumeaux haussent les épaules et ne répondent même pas. Ils n'ont pas de temps à perdre avec de tels enfantillages et n'éprouvent nullement le besoin d'expliquer qu'effectuer des fouilles archéologiques est beaucoup plus palpitant que de faire le ménage de leur chambre. C'est tellement évident que même un père devrait comprendre cela.

Après avoir terminé leur café, les parents se joignent aux enfants. Maintenant toute la famille travaille avec application. Le temps passe rapidement. Le soleil est déjà au zénith.

— Pensez-vous qu'on peut trouver des squelettes humains? demande Colin.

— Franchement! Pourquoi pas des momies tant qu'à y être? réplique Noémie.

Comme Colin déborde d'imagination et qu'il aime les histoires épeurantes, il se représente quelques mains osseuses couvertes de bagues magnifiques qui se mettent tout à coup à bouger... pour finalement le saisir par les pieds et l'entraîner dans les profondeurs souterraines et maléfiques.

— On ne sait jamais, dit-il. Admettons qu'une guerre ait eu lieu dans la région, il pourrait y avoir des dizaines de cadavres sous nos pieds...

Colin laisse vagabonder ses pensées; d'autres histoires effrayantes défilent dans sa tête et des images de fantômes sinistres accompagnés de macchabées et de revenants sanguinaires s'y bousculent.

— Si jamais on trouve des os, il faudra bien les ordonner pour être capables de reformer les squelettes, dit Noémie qui conserve toujours l'esprit pratique, même dans les moments les plus délicats.

Agrémenté de rêveries et d'espoirs de nouvelles découvertes, le travail se poursuit rondement. L'emplacement de l'ancienne demeure est maintenant tout à fait dégagé et les murs sont déterrés jusqu'à la base. À l'intérieur du carré, la terre est toute tapée et forme un angle droit avec les plus basses pierres des fondations, comme cela devait être au moment de la construction. À l'extérieur du carré, la famille Bouclair-Latendresse a dégagé de la même façon un bon mètre autour de la maison.

Alors que Michèle et Ernest commencent à abandonner l'idée de découvrir un gros coffre, Noémie touche quelque chose de dur en passant sa main à l'intérieur d'un mur. Elle n'arrive pas à saisir l'objet toute seule et elle doit appeler Colin à la rescousse. Ils creusent et grattent avec leurs ongles. Après une bonne quinzaine de minutes de travail acharné, ils parviennent à dégager un trousseau de très longues clés rouillées...

CHAPITRE 8

Les jumeaux s'impatientent. Une vraie tortue cette rame de métro-là.

— Me semblait que ça allait vite le métro, soupire Noémie.

— Ouais! Encore une histoire d'adultes, commente Colin.

Les jumeaux ont leurs clés bien cachées dans un sac à dos et ils se dirigent vers le centre-ville. Ils ont rendez-vous avec monsieur Julius Boivin.

— Heureusement qu'on peut profiter d'une journée pédagogique!

— Franchement! On aurait pu manquer l'école hier! Une journée, c'est pas si grave.

La journée de lundi fut longue et monotone. La prof de Colin était ennuyante et grise comme une semaine de pluie. Le prof de Noémie était aussi pénible à supporter qu'une maladie chronique. Les amis n'avaient, semblait-il, rien d'intéressant à raconter; leur conversation était aussi plate que la planche à repasser la plus plate. Une journée terrible! Même les récréations n'en finissaient plus de finir.

Il faut dire qu'ils ne pensaient qu'à essayer d'ouvrir leur coffre avec les clés trouvées. Enfin savoir! Le message de monsieur Boivin, entendu très tard le dimanche soir en revenant de leur expédition, les avait excités à l'extrême. Ils avaient eu de la difficulté à s'endormir.

Colin aurait voulu se rendre sur-le-champ chez l'antiquaire.

— En pleine nuit! Pas question! Et puis monsieur Boivin doit dormir.

— Dans ce cas-là, on va pas à l'école demain mais chez l'antiquaire, a alors affirmé Noémie.

— Manquer l'école sans motif sérieux? Pas question!

— Mais vous voulez jamais rien! a répliqué Colin.

— Vous irez mardi, c'est tout. Rien de plus facile avec votre journée pédagogique. Vous allez avoir tout le temps nécessaire pour discuter avec monsieur Boivin.

— Ouais! Ouais!

— Arrêtez d'argumenter! Au lit!

— On a trouvé un trésor et il faut aller se coucher, c'est quoi l'idée?

— Trésor ou pas, vous allez à l'école demain.

La discussion animée a continué un petit moment, puis les jumeaux ont finalement obtempéré en maugréant et en se disant qu'il n'y a rien de plus entêté qu'un parent qui ne veut rien comprendre!

Voilà plus de trente heures qu'ils veulent se rendre chez l'antiquaire! Et comble de malheur, la rame de métro est maintenant immobilisée entre deux stations. Depuis vingt minutes! Quand ça va mal, ça va mal!

— Tu parles d'un métro «broche à foin»! Quelle mauvaise organisation! dit Noémie.

— Tu peux le dire! À quoi ça sert d'avoir un métro, s'il n'avance pas? On aurait dû marcher.

— S'il ne repart pas bientôt, je demande un remboursement en sortant, affirme Noémie.

— Si on sort un jour..., murmure Colin les yeux tournés vers le noir du tunnel.

— Comment ça si on sort un jour?

Colin ne répond pas. Noémie regarde autour d'elle. Ils ne sont pas les seuls à s'impatienter. Certains passagers ont même l'air de s'inquiéter sérieusement. Qu'est-ce qu'on peut faire? À l'intérieur d'un wagon de métro immobilisé, le temps ne passe pas vite, s'il passe... Il ne va peut-être même pas sous la terre, le temps? Voilà pourquoi c'est si long! Si le temps ne passe pas par là, c'est sûr que le métro ne peut pas avancer. Il a besoin du temps pour respecter l'horaire...

La rame repart enfin. «Ouf, on l'a échappé belle», semblent penser plusieurs personnes en soupirant. Quant aux jumeaux, ils ne parlent plus. Ils regardent le plan: encore cinq stations. Un vrai chemin de croix! Aussitôt sortis, ils se mettent à courir et c'est en courant qu'ils pénètrent dans le magasin d'antiquités. Aïe! Le choc! Ils viennent de freiner sec. Les jumeaux ont les yeux ronds et la bouche ouverte.

Quelle apparition! Julius Boivin est debout en face d'eux!

— Bonjour! Vous devez être les jeunes Bouclair-Latendresse? Je vous attendais, dit l'antiquaire en tendant la main.

Les jumeaux restent figés. Plus figés même que le pouding à la vanille que leur père leur a préparé la veille. Ils sont blêmes et ils ont le souffle coupé. Monsieur Julius Boivin, antiquaire de profession, est tout un personnage!

— Je peux vous dire que vous avez trouvé un coffre très intéressant et tenez-vous bien: d'après mes recherches, c'est un coffre du XVIIᵉ siècle. Fabuleux, n'est-ce pas?

Les jumeaux retrouvent lentement leurs moyens et parviennent à ouvrir la bouche. Il faut croire qu'on s'habitue à tout.

— Vous êtes sûr?

— Presque...

— Pensez-vous qu'il a appartenu à Pierre Le Moyne d'Iberville?

Maintenant, c'est au tour de Julius d'être surpris et un peu déçu. Il aurait aimé leur annoncer cette nouvelle lui-même. Il croyait que c'était le *scoop* de l'année.

— Eh oui! Je le crois... Mais vous le saviez déjà?

— Oui, même si nous n'en étions pas tout à fait sûrs. On a lu un peu sur le sujet et il y a le pélican...

— Vous avez raison! Et les armoiries de la famille Le Moyne.

— Où est notre coffre? demandent les jumeaux en regardant autour d'eux.

— Venez. Il est dans l'arrière-boutique.

Julius entraîne Noémie et Colin vers le fond du magasin. La porte de l'arrière-boutique est entrouverte. Julius fronce les sourcils. Il pensait l'avoir fermée soigneusement. Le vieil antiquaire entre rapidement, regarde autour de lui avec inquiétude et devient blanc comme lait, avant de poser sa longue main osseuse sur son cœur...

I l était là, il y a une demi-heure, sur l'établi, à côté de la loupe; il était là, il y a une demi-heure, je ne comprends pas; il était là, à côté de la loupe, une demi-heure; il était là...

Clac, clac; clac, clac. Julius, presque aussi blanc qu'un ours polaire très propre, les yeux exorbités, se tire les cheveux et s'agite follement. Malgré sa barbe touffue, il ressemble à la fameuse Méduse, ce monstre mythique qui, disait-on, pétrifait tous ceux qui le voyaient. Il avance, clac; recule, clac; montre du doigt l'endroit précis où se trouvait le coffre, clac; fait un tour sur lui-même en gémissant, clac, clac; clac, clac. À chaque pas, il fait claquer les fers de ses talons. Julius se tient la tête à deux mains et saute sur place agité de tremblements. Par hasard, son pas de danse ressemble à celui du célèbre danseur à claquettes Fred Astaire. Mais Julius personnifie un Fred Astaire désarticulé et beaucoup plus décoiffé. Il répète inlassablement, comme si c'était une incantation magique pouvant faire réapparaître les objets:

— Il était là, il y a une demi-heure, sur l'établi, à côté de la loupe; il était là, il y a une demi-heure, sur l'établi, à côté de la loupe...

Les jumeaux comprennent tout de suite la

gravité de la situation. Ils sont conscients que, pour le moment, ils ne pourront obtenir davantage d'informations auprès de l'antiquaire surexcité. Ils regardent rapidement dans la pièce: effectivement le coffre n'est pas là.

— Calmez-vous. Assoyez-vous et calmez-vous.

Les jumeaux font une tournée éclair dans tout le magasin et ils constatent en revenant que la porte de derrière est entrouverte.

— Restez tranquille, on revient tout de suite.

Noémie et Colin sortent précipitamment et ils débouchent dans une ruelle. Ils regardent partout, courent dans une direction, s'arrêtent, repartent dans une autre. Où faut-il aller? Il n'y a personne. Ils voient plusieurs vieux hangars à moitié démolis, de grosses poubelles, des meubles abandonnés... Après avoir parcouru toute la ruelle, les jumeaux ralentissent le pas et scrutent les alentours à la recherche d'indices. Ils regardent aussi sur les galeries, dans l'espoir d'apercevoir une personne qui aurait pu voir passer un individu transportant un coffre quelques minutes plus tôt.

Malheureusement, la ruelle est déserte. Il y a bien quelques chats qui se faufilent ici et là, mais les chats ne sont jamais très bavards. Ce sont des animaux très indépendants, peu sociables, et qui ne donnent leur langue qu'à d'autres chats. Si un chat voit quelque chose, il le dira à un autre chat; cela deviendra un secret de félins qui se transmettra de chatte à chat, de chat à chaton, toujours en catimini, d'une génération à l'autre. Les humains n'en sauront rien...

Les jumeaux sont déçus, très déçus. De grosses larmes lourdes coulent et roulent le long de leurs joues ou glissent sur leur nez avant de tomber sur le sol et de disparaître dans la poussière.

Noémie entend soudain un bruit derrière elle. Elle se retourne vivement et aperçoit une énorme boîte de carton qui bouge. Elle recule instinctivement, avant de s'avancer en compagnie de Colin. Les enfants, plutôt inquiets, examinent attentivement cette boîte. Il y a un trou à une extrémité et, de ce trou, une tête assez laide et impassible les observe. Les jumeaux s'approchent doucement.

— Bonjour, dit Colin, j'espère qu'on ne vous a pas dérangé.

La drôle de tête ne répond pas. Les jumeaux la regardent sans bouger. C'est une grosse tête d'homme chauve avec une barbe d'une semaine et un visage couvert de cicatrices. Sur le crâne dénudé trônent de gros tatouages noirs, dont une araignée velue qui laisse descendre une de ses longues pattes sur le front, juste au-dessus du sourcil droit. La tête a des yeux gris perçants qui les dévisagent.

— Est-ce que vous êtes ici depuis

longtemps? demande craintivement Noémie à la tête.

Cette dernière hoche, c'est-à-dire que la tête hoche sa tête et elle sourit. La tête a une bouche quasi édentée; les rares dents qui lui restent sont jaunes et cariées.

— Ça doit bien faire une semaine, pourquoi? Est-ce que vous travaillez pour la police? demande la tête d'une voix rocailleuse.

La tête parle et attend une réponse.

Les jumeaux, plutôt inquiets, n'osent réagir. Puis, ils reprennent peu à peu courage et ils répondent alors à cette tête inconnue.

— Non, non... on vous demande cela parce que quelqu'un a dû prendre notre coffre qui était chez l'antiquaire.

— Chez Julius?

— Hein? Oui, oui, chez Julius Boivin. Vous le connaissez? questionne Noémie.

— C'est un honnête homme.

— Oui, sûrement, en tout cas il semble bouleversé par la disparition... Papa dit que c'est un bon antiquaire et qu'il connaît bien son métier, ajoute Colin.

— Vous avez un papa? demande la tête, surprise.

— Hein! Oui, on a une maman aussi, dit Noémie.

— Vous avez des parents! C'est spécial. Et ils vous battent? questionne la tête sérieusement.

— Hein? Mais non! répondent en chœur les jumeaux avec ébahissement.

— Vous avez de drôles de parents, affirme la tête.

— C'est plutôt vous qui posez de drôles de questions.

— Moi, je n'avais pas de parents et ils me battaient.

Il faut vraiment être malchanceux pour avoir des parents absents qui vous battent. C'est ce qu'on appelle naître sous une mauvaise étoile. Mais je crois que la tête en rajoute un peu pour se rendre intéressante. Les jumeaux viennent probablement de rencontrer une forte tête!

— Êtes-vous un vrai sans-abri? demande Colin d'un ton triste.

Ceux qui n'ont pas de maison l'émeuvent: les réfugiés, les pauvres, les gens perturbés... Cela le bouleverse de savoir qu'il y a des personnes qui n'ont nulle part où aller.

— Non! Je suis un sans-abri en plastique, répond la tête d'un air méchant.

Les jumeaux ne savent que faire. Quelques secondes passent à la queue leu leu, puis la tête éclate de rire et se cache dans la boîte, avant de ressortir à l'autre bout avec un corps complet. Noémie et Colin restent bouche bée, ils sont incapables de dire un mot (il faut qu'ils soient vraiment surpris!) et leurs yeux sont aussi ronds que des balles de tennis, même s'ils rebondissent sûrement moins bien.

La tête est maintenant debout et regarde les enfants de ses yeux scrutateurs. Elle est posée sur un tout petit tronc et les bras courts sont croisés sur la poitrine. Les jambes sont également courtes et arquées. L'homme est habillé de manière étonnante, compte tenu de l'endroit où il habite : il porte un élégant complet bleu marine strié de petites lignes verticales blanches, une chemise à col rigide d'une blancheur remarquable, un nœud papillon rouge et de beaux souliers italiens resplendissants en cuir noir. On dirait presque qu'il vient de les cirer. D'étranges pièces de cuir noir souple, auxquelles sont fixées deux lanières du même matériau, retiennent le bas du pantalon près des chevilles.

Noémie, qui s'intéresse beaucoup à la mode, ayant même déjà choisi comme sujet d'un travail scolaire les vêtements du début du siècle, ne peut s'empêcher de demander à l'inconnu :

— Est-ce que ce sont des guêtres que vous portez ?

— Oui, jeune fille, ce sont des guêtres, répond le petit homme, visiblement satisfait de produire autant d'effet.

Les jumeaux se regardent. Quelle tête étonnante ! Quel corps surprenant ! Quel habillement spectaculaire !

— Vous n'avez jamais vu de nain ? demande le petit tatoué avec une voix qui se veut provocante.

Les enfants se ressaisissent. En même

temps, ils viennent de repenser à leur coffre.

— Pour être franc, monsieur, répond Colin, je dois dire que vous nous avez offert plusieurs surprises en peu de temps et le fait que vous soyez un nain n'est sûrement pas la plus grande.

Le nain est content. Il aime bien rencontrer des gens qui le voient vraiment, au contraire de tous ceux qui font semblant de ne pas remarquer sa particularité ou qui l'ignorent carrément, comme s'il était invisible.

— Merci jeune homme, répond l'homme tatoué avec reconnaissance.

— Vous êtes très chic! ajoute Noémie avec admiration. Surtout pour quelqu'un qui sort d'une boîte de carton dans une ruelle. Vos vêtements sont à peine froissés!

Le nain rit de bon cœur. Il ouvre les bras et se pavane un peu.

— N'est-ce pas qu'il est bien ce complet?

— Vraiment superbe! répondent le frère et la sœur en duo.

La surprise passée, Colin et Noémie veulent parler de leur coffre, obtenir des informations, connaître le coupable.

— Quelqu'un a pris notre coffre chez l'antiquaire. Est-ce que vous avez vu quelque chose?

Le nain roule sa langue dans sa bouche, comme s'il cherchait ses mots parmi ses caries. Il hésite avant de répondre:

— Cela se pourrait bien.

Les enfants sont contents.

— Vous avez-vu quelqu'un?

— Peut-être.

— Oui! Est-ce que vous le connaissez?

— Non, pas vraiment.

Les enfants sont déçus.

— Mais vous avez vu quelqu'un se sauver en emportant notre coffre?

— Oui... probablement.

— Pourquoi probablement?

— Je ne sais pas s'il s'agissait de votre coffre.

— Est-ce que vous pourriez nous décrire cette personne?

— Bien sûr.

Les enfants sont contents de nouveau.

— Je le vois souvent. Je sais même dans quel coin du quartier il habite, à peu près...

Les enfants sautent de joie.

— Un instant! Ne vous réjouissez pas trop vite! Je ne le connais pas vraiment. Il ne faut pas vendre la peau de l'ours avant de l'avoir tué.

Les enfants se calment mais ne perdent pas espoir. Bien au contraire! Et le nain de poursuivre:

— Donnez-moi votre numéro de téléphone et je vais vous appeler dès que j'aurai des informations plus précises à vous transmettre.

Noémie et Colin se regardent. Ils hésitent à donner leur numéro de téléphone à un inconnu. Le nain est déçu.

— Vous avez peur de moi?

— Non... oui... en fait on ne vous connaît pas.

— Je m'appelle Édouard.

— Moi, c'est Colin, dit ce dernier en s'avançant et en tendant la main à cet adulte plus petit que lui.

— Moi, c'est Noémie. Enchantée de vous rencontrer monsieur Édouard.

Le nain à l'araignée tatouée regarde Noémie et Colin dans les yeux, et il leur sourit.

CHAPITRE 10

Julius a bien de la difficulté à se remettre de son aventure. Il a les nerfs en boule compacte et il semble épuisé. C'est vrai qu'il n'y a rien de plus fatigant que la danse à claquettes...

On vient de le cambrioler! Il n'en revient pas! Même si ce n'est pas la première fois que cela se produit. Sauf que le motif principal des autres vols était le contenu du tiroir-caisse. Comme Julius n'a jamais de gros montants d'argent dans sa boutique, ces vols ne le préoccupaient pas outre mesure. Il remettait au voleur, sans trop se plaindre, ces billets de banque impersonnels et assez laids. Cela ne l'affectait que très peu, d'autant plus que ces bouts de papier ont toujours la même tête, qu'ils sont toujours récents et qu'ils n'ont d'autre valeur que celle qui y est inscrite. Mais si on lui vole maintenant de vrais objets importants et significatifs, cela change tout: si on s'attaque à l'irremplaçable, le vol devient dramatique. Julius n'aime pas cela du tout. Il craint maintenant pour ses précieux objets.

Les jumeaux l'observent et ne savent trop quelle attitude adopter. Tout cela est en partie de sa faute. S'il n'était pas aussi lunatique, il aurait veillé à bien verrouiller la porte de l'arrière-boutique pour protéger les biens qui lui ont été confiés.

Pour le moment, Colin et Noémie essaient de l'aider à mettre de l'ordre dans ses idées. A-t-il vu une personne louche dernièrement? Quelqu'un a-t-il posé des questions concernant le coffre? A-t-on tourné autour du trésor d'une façon plus ou moins équivoque?

Julius nettoie les fonds de bouteilles de ses lunettes et il ne voit rien du tout. De plus, il a une mémoire bizarre et sélective. Par exemple, il se souvient très bien de la guerre de 1939-1945, de la dépression des années trente, de tout ce qu'il a lu concernant la Nouvelle-France, mais ne sait pas ce qu'il a mangé au déjeuner, ni même s'il a mangé ce matin. Alors, vous pensez bien que les détails de la veille ou de la matinée ont déjà été oubliés et sont enfouis quelque part dans un endroit vaseux de son cerveau. À la défense de monsieur Boivin, il faut dire que les petits faits de la vie quotidienne ne l'intéressent pas du tout et qu'il les juge sans importance, d'où le manque d'intérêt évident de la part de sa mémoire.

— Je sais que beaucoup de personnes ont pu voir le coffre hier. Il était sur mon bureau presque toute la journée... En tout cas, je pense.

— Est-ce que vous soupçonnez quelqu'un?

— Si je soupçonne quelqu'un? Je ne sais pas... Qui?

— C'est justement ce qu'on vous demande, voyons!

Les jumeaux s'exaspèrent. Il est sympathique ce bonhomme, mais un peu confus.

— Est-ce que votre neveu était ici dernièrement?

— Mon neveu?

— Oui! Votre neveu! Celui qui vous remplace quand vous êtes absent.

Oh! là là! Ce qu'il peut être énervant à la fin!

— Ah oui! Mon neveu... non... il est parti dimanche... je crois.

Vraiment, Julius n'est pas d'un grand secours. Noémie et Colin sont déçus et un peu fâchés.

— Bon, n'oubliez pas de nous prévenir si jamais quelqu'un entre en contact avec vous au sujet du coffre.

— Entrer en contact avec moi? Bizarre! Pour quoi faire?

— Pour vous proposer une transaction quelconque, voyons!

— Ah oui!... Vous croyez que c'est possible?... peut-être... vous avez raison. Ne vous inquiétez pas, je vais ouvrir l'œil et le bon, ajoute-t-il tout à coup en se tenant debout bien droit.

Les jumeaux lèvent les yeux au ciel. Ils laissent Julius réfléchir à la situation et prévenir la police. Ils retournent à la maison en se disant que l'antiquaire est probablement aussi bon détective que les Dupont et Dupond.

douard a bien aimé sa rencontre avec les deux jeunes enfants. Ces derniers l'ont réellement regardé et n'ont jamais détourné les yeux. Ils ont su l'accepter tel qu'il est.

Édouard a été souvent agacé et blessé par ces gens qui l'ignorent. Ils le côtoient en regardant ailleurs ou au-dessus de lui et c'est comme s'il était l'homme invisible ou un courant d'air. Il sait bien que la plupart des gens agissent ainsi par gêne et par peur d'être impolis en le fixant. Mais, pour Édouard, il n'y a pas de pire grossièreté que l'indifférence qui ressemble trop au dédain hautain. À tout prendre, il préfère la provocation ou la mauvaise blague. Dans ces cas-là, il peut au moins envoyer paître ceux qui lui disent «Salut Ti-cul!» ou «Qu'est-ce que tu vas faire quand tu vas être grand?». C'est stimulant et il participe ainsi à la vie en société.

Édouard veut être vu! «J'existe que diable! Même si je suis petit!» Il a donc choisi des solutions efficaces pour qu'on le remarque. Il s'est fait raser le crâne et tatouer le «ciboulot» de manière provocante. Il attire le regard. C'est sûr! Et maintenant il s'habille avec ostentation, chic et décorum. Les seules personnes qui ne le voient pas sont les aveugles!

Avant il s'habillait pauvrement, ses pantalons étaient troués et ses chemises déchirées. Il s'est vite aperçu que les pauvres aussi étaient ignorés. Alors, en tant que nain et pauvre, il était doublement invisible et ignoré. Il a remédié à la situation avec aplomb et bon goût. Il est particulièrement fier de son nœud papillon rouge et de ses guêtres.

La jeune fille de ce matin lui a parlé de ses guêtres et ça lui a fait vraiment plaisir. Une acquisition récente, les guêtres. Quelque chose qui ajoute une note particulière, la cerise sur le *sundae*.

Oui, ces deux jeunes gens sont charmants et méritent d'être aidés. Édouard a effectivement vu quelqu'un sortir en courant de chez l'antiquaire Julius et il a souvent aperçu cette personne dans un parc du quartier. Il ira donc à sa recherche...

Dure journée pour les jumeaux! Subir une panne de métro! Rencontrer Julius Boivin! Tomber sur Édouard! Et, comble de malheur, se faire piquer le coffre!

— On pourrait peut-être faire appel à un avocat et poursuivre l'antiquaire. Qu'en penses-tu, maman?

— Vous devriez attendre. Monsieur Boivin a prévenu la police et il cherche de son côté. Les policiers ou l'homme que vous avez rencontré dans la ruelle vont peut-être trouver des indices nous menant au coupable. Cela offre quand même plusieurs possibilités.

Les jumeaux arborent une tête d'enterrement. Se fier à Julius Boivin pour l'enquête, c'est comme demander à une tortue de s'envoler. Ils ont un peu plus d'espoir du côté d'Édouard. Mais ce nain est bizarre et ils le connaissent si peu... Tout cela ne se présente pas très bien.

Ernest vient de rentrer à la maison. Les jumeaux l'informent des derniers développements. Il est très déçu lui aussi.

— Pour ce qui est de faire appel à un avocat, c'est la dernière démarche à entreprendre. On se ruinerait à le payer et monsieur Boivin également. En fait, il n'y a probablement que l'homme de loi qui y trouverait son compte.

Tous ont le moral à plat! Mais il ne faut pas trop s'inquiéter pour eux, je les connais bien et je sais que c'est une famille «rechargeable».

— Je l'ai! s'écrie Colin, soudain fou de joie. On aurait dû y penser avant! Il faut prévenir Gertrude Taillefer, notre «enquêteure» de police préférée et amie.[2]

— C'est vrai! T'as raison, dit Noémie avant d'embrasser son frère.

Celui-ci s'essuie discrètement la joue tout en cherchant le numéro de Gertrude.

— Ça sonne! crie-t-il joyeusement.

— C'est normal que ça sonne! réplique Noémie.

Et ça sonne, ça sonne encore, plusieurs fois. Ça sonne... mais ça ne répond pas. Colin est déçu.

— Elle n'a même pas branché son répondeur, marmonne-t-il tristement.

— Attends, je vais la joindre à son travail, dit Noémie en prenant le combiné et en composant un numéro secret du service de police de la CUM.

Serez-vous surpris d'apprendre que là aussi ça sonne?

— Oui, allô... Est-ce que je pourrais parler à l'«enquêteure» Taillefer, s'il vous plaît?... Oui, je suis une amie de madame Taillefer... Mon nom? Oui, je suis Noémie Bouclair-Latendresse ... Non! Vous n'êtes pas sérieux?...

[2] *Dans les crocs du tyran*, Série **Les aventures des jumeaux géniaux**

Où?... C'est loin. Est-ce qu'elle va revenir bientôt? (Noémie fait la moue.) Pardon?... Oui, vous pouvez lui dire de me téléphoner à son retour. Merci.

Elle raccroche et va s'asseoir, sans dire un mot, en soupirant.

— Et puis? Qu'est-ce qui se passe? Gertrude va nous rappeler bientôt? demande Colin.

— Elle est partie en vacances au Tibet pour plusieurs semaines.

douard prend cette enquête très au sérieux. Il est, pour ainsi dire, «tombé en amitié» avec les jumeaux. Sans trop savoir pourquoi, il éprouve un impérieux besoin de les aider. Tout de suite après le départ des enfants, il est allé faire sa toilette dans un refuge pour les sans-abri. Après une bonne douche et un rasage agrémenté d'une excellente lotion au lilas, il s'est senti frais et dispos, en pleine forme pour entreprendre son enquête.

Il s'est promené près d'un restaurant où il avait déjà vu l'individu recherché. Malheureusement, ce dernier n'y était pas. Il a déambulé ensuite un moment dans les rues avoisinantes avant de se rendre au parc où il l'avait aperçu quelques fois. En fait, en se creusant les méninges, il réalise qu'il n'a croisé ce type qu'à trois ou quatre reprises, dont deux seulement au parc. On ne peut pas dire que c'est un habitué de la place. Édouard est maintenant beaucoup moins assuré du succès de son entreprise, il commence même à s'inquiéter. Et s'il ne venait pas? Les enfants seraient sûrement très déçus... Il ne faut pas que cela se produise. Il veut leur faire plaisir à tout prix.

Édouard décide d'aller s'asseoir sur un banc situé à un endroit stratégique du parc, c'est-à-dire à proximité d'un carrefour d'où il peut surveiller les allées et venues des piétons. De plus, en tournant un peu la tête, il peut embrasser tout le parc du regard. Il attend sagement... Il n'a peut-être pas vu souvent ce type, mais il le reconnaîtra tout de suite s'il l'aperçoit. C'est une espèce de longue échalote maigre et mince, avec de grands bras, de grandes jambes, de grands pieds, de grandes mains, de longs doigts, un grand menton... même sa tête est tout en longueur. En le voyant la première fois, Édouard s'était écrié: «Il y en a qui ne sont vraiment pas chanceux!» Puis, après quelques secondes, il s'était mis à rire comme un fou. La vie est trop drôle!

Donc, si ce grand truc long passe par ici, Édouard ne le manquera pas, c'est sûr! Mais il faut qu'il passe! Condition indispensable à la réussite de l'opération.

Édouard regarde le soleil monter, puis redescendre, les nuages s'amonceler et s'enfuir. Il observe les chiens qui gambadent à côté de leur maître: un chihuahua, un berger anglais, plusieurs caniches, un saint-bernard, deux lévriers afghans, des bergers allemands, un fox-terrier, des boxers. Il se demande pourquoi les gens aiment autant les chiens. Selon lui, un chien «c'est chiant» (soyez gentils et pardonnez à Édouard son langage grossier), surtout depuis qu'il s'est fait mordre. Et il s'est fait mordre à l'âge de trois ans! On peut donc dire qu'il n'a jamais aimé les chiens. Ça jappe tout le temps, ça te suit partout comme une mouche à... chevreuil, ça fait des crottes... Édouard déteste cordialement les chiens. Point final.

Le nain commence à avoir faim, il a un petit creux. Tout à coup, il se lève et se met à courir. Il a vu le grand machin passer au coin de la rue là-bas et il ne veut pas le perdre de vue. Il devient un nain supersonique et il brûle un feu rouge. Il évite de justesse un parcomètre qui lui voulait du mal et arrive juste à temps pour voir entrer l'échalote dans une épicerie d'aliments naturels. Il regarde à l'intérieur: l'asperge est dans la rangée des pois et elle se dirige vers la section des cucurbitacées.

Édouard saute de joie! C'est bien le même homme qu'il a vu s'enfuir de la boutique de l'antiquaire ce matin. Il n'y a pas de doute là-dessus. Il se dissimule aussitôt derrière une poubelle pour faire le guet. L'avantage d'être nain, c'est qu'on peut se cacher très facilement...

Les jumeaux se sont rendus à l'école à reculons, ce qui ne leur ressemble pas du tout. En temps normal, ils sont toujours prêts à partir pour retrouver les copains, pour poursuivre quelques palpitantes recherches en chantier ou encore pour présenter le fruit de leurs travaux à leurs camarades de classe. Mais en cette période de quête et d'enquête, ils n'ont plus la tête à ça. Heureusement que la fin de semaine sera là bientôt!

Ce soir, Noémie et Colin sont découragés. Ils ont non seulement perdu leur précieux coffre, mais ils se sentent également abandonnés par ceux qui devaient les aider. Julius, avec lequel ils viennent tout juste de parler au téléphone, ne comprend toujours rien à ce qui s'est passé et il serait surprenant qu'il puisse découvrir quoi que ce soit d'intéressant. En fait, il est parfois si perdu qu'il ne se retrouve pas lui-même.

Édouard n'a pas téléphoné et les jumeaux n'ont plus beaucoup d'espoir d'obtenir de ses nouvelles. Ils commencent même à croire qu'il n'est qu'un beau parleur et un imposteur.

Quant à leurs parents, ils ont travaillé comme d'habitude et leur mère vient d'exiger d'eux qu'ils fassent leurs devoirs comme si de rien n'était! Ils trouvent un trésor et qu'arrive-t-il? Rien! Il leur faut faire leurs devoirs! Franchement! Comme si les jumeaux n'avaient que ça à faire...

Noémie et Colin ont le moral ratatiné, un peu comme une omelette qui ne veut pas lever et qui colle même au fond. Ils se sont réfugiés dans la chambre de Colin et ils se regardent déprimer mutuellement.

— Noémie! Colin! Téléphone! crie Michèle à l'autre bout de la maison.

Les jumeaux ne bougent pas. Ils n'ont pas le goût de répondre à cet appel. Surtout que ça doit encore être pour l'école.

— Les enfants! Téléphone! insiste Michèle.

Les jumeaux se regardent et font la moue.

— Vas-y toi, dit Colin.

— Pourquoi moi?

— Pourquoi pas toi?

— Ah, que t'es paresseux!

— Si t'es pas paresseuse, vas-y.

— Tu m'auras pas. On va tirer à pile ou face.

— Bonne idée. Pile, tu y vas. Face, j'y vais pas.

— Ha! Ha!

— Mais qu'est-ce que vous faites? demande Michèle en entrant dans la chambre. Vous êtes sourds?

— C'est qui au téléphone? demande mollement Colin.

— Ça doit être encore Sophie, je suppose, soupire Noémie.

— Non. C'est une voix que je ne connais pas, une voix d'adulte.

— T'aurais pu le dire avant! chicanent les jumeaux en se précipitant à la cuisine où se trouve le téléphone.

Les voilà maintenant en train de se disputer le droit de répondre le premier! Leurs mains s'entrecroisent et se bousculent à qui mieux mieux.

— Oui! Allô? Qui parle?

— C'est Colin! dit ce dernier à toute vitesse.

À l'autre bout, dans une cabine téléphonique, Édouard est un peu surpris de cet accueil enthousiaste, sans pour autant s'en inquiéter.

— Édouard à l'appareil. Vous allez être contents, j'ai trouvé notre homme.

— Hein? Oui! Où ça?

— Laisse-moi écouter! dit Noémie en arrachant le combiné des mains de Colin.

— Allô! Ici Noémie!

— Veux-tu me donner l'appareil! crie Colin en tirant de son côté.

Les jumeaux se toisent d'un œil acéré tout en se bousculant. Noémie réussit à coller son oreille sur le combiné.

— Arrêtez de vous disputer! exige Édouard. Et posez le combiné entre vous deux, sinon je raccroche.

Édouard n'aime pas la chicane. Les enfants acceptent. Ils s'approchent tous les deux le plus près possible du combiné et chacun s'assure que l'autre est bien à la même distance.

— Qu'est-ce que vous avez trouvé?

— J'ai trouvé la personne qui a volé votre coffre. Je l'ai suivie et je sais où elle habite.

— Wow! Tant mieux! Où est-ce qu'on peut vous rencontrer?

— Je suis au restaurant *La Poutine magique* en face du carré Saint-Louis, station de métro Sherbrooke. Je vous attends.

— O.K., nous arrivons! hurlent les jumeaux en raccrochant.

Tels des fauves, les jumeaux bondissent hors de la cuisine. Le temps d'un cillement, ils sont dans le portique pour voir s'ouvrir la porte devant eux:

— Où est-ce que vous allez comme ça? lance leur père.

— On s'en va prendre le métro!

— Voulez-vous arrêter de vous exciter, exige Michèle qui vient de les rejoindre.

— Il est trop tard pour sortir ce soir et vous allez à l'école demain! dit Ernest.

— Ouais, pis après? répondent de façon plutôt impolie deux enfants branchés sur le 220.

— Bon, calmez-vous et expliquez-nous, dit doucement Michèle.

— C'est Édouard.

— Le nain...

— Il sait où est notre coffre!

— Et il nous a demandé de le rejoindre au restaurant.

— Pas question! tonne Ernest, du haut de son autorité paternelle.

n la voyant entrer, Édouard se lève et va saluer la famille Bouclair-Latendresse. Michèle et Ernest restent figés, la bouche ouverte. Une mouche entre dans la bouche d'Ernest pour faire une inspection et elle en ressort sans avoir trouvé de carie.

— Mais avancez, chuchote Noémie.

— On vous l'avait dit qu'il était spécial, murmure Colin.

«Il y a spécial et spécial. Plus spécial que lui, c'est un Martien», pense Michèle sans bouger.

— Bonsoir! Je m'appelle Édouard.

— Euh!... Bonsoir, monsieur. Moi, c'est Ernest.

Michèle se présente. Un petit froid s'installe. Les adultes ne savent que dire et ils s'intimident mutuellement. Les jumeaux prennent alors les choses en main.

«Franchement! On va pas rester là... à jouer aux statues de plâtre!» Les pensées de Noémie et de Colin se croisent et se complètent.

— Bon, avancez! Assoyez-vous!

Lorsque tout le monde a pris place, la serveuse s'amène. Oh! la la! Une géante! Énorme! Une rousse à mèches multicolores, un mètre quatre-vingt-dix, minijupe rose, blouse couverte de marguerites jaunes sur fond de mousse à l'érable, rouge à lèvres violet, fond de teint bouleau, longs faux cils. Très longs, assez longs pour se gratter le dessus de la tête si elle cligne des yeux! Et le sourire donc! Incroyable! Une dentition à rendre les chevaux jaloux! Avec, en prime, trois dents en or qui brillent de tous leurs feux! WOW!

La rencontre d'Édouard, l'étrange décor du restaurant, l'arrivée de la serveuse: les parents des jumeaux sont impressionnés et ébranlés! Ils sont bien sagement assis sur leur chaise et sourient béatement. Michèle examine très discrètement les tatouages d'Édouard. «Que d'audace!» pense-t-elle. Ernest jette un coup d'œil à la serveuse et il est bien heureux de ne pas être son ennemi. Elle dégage une telle force! Elle doit sûrement être capable d'aplatir la plupart des hommes. Ernest lui sourit timidement.

Les jumeaux, par contre, sont très à l'aise. Ils parlent abondamment, regardent partout et n'éprouvent aucune inquiétude. Ils désirent surtout que les événements se déroulent plus rapidement.

— Bon. Et puis? Notre coffre? demandent-ils tout excités en s'agitant sur leur chaise et en jouant avec les ustensiles chromés.

Édouard leur fait signe d'être plus discrets, car il y a plusieurs clients dans le restaurant.

— On devrait peut-être répondre à la serveuse. Elle attend notre commande, suggère Ernest en souriant.

— Moi, j'prendrais un gâteau au chocolat

avec un verre de lait, dit Colin rapidement.

— La même chose pour moi, ajoute Noémie.

Les jumeaux n'ont pas du tout l'intention de perdre du temps avec les formalités. Il se fait tard, ils sont fatigués, ils vont à l'école demain et, surtout, ils veulent récupérer leur coffre.

— Et vous? Qu'est-ce que vous prenez? questionne Noémie en regardant ses parents.

Michèle et Ernest semblent si gênés et embarrassés que Noémie éprouve le besoin de les secouer un peu.

— Il ne faut pas faire attendre la serveuse, ajoute Colin en souriant et en observant son père du coin de l'œil.

Ernest se ressaisit et dit avec empressement:

— Un café, s'il vous plaît.

Il ne désire surtout pas contrarier l'imposante personne qui attend avec son petit calepin. Michèle commande une eau minérale. Elle se tient bien tranquille à sa place, les mains jointes sur la table.

— Bonsoir Nicole! Pour moi, ce sera un café avec des frites, dit Édouard en levant la tête et en présentant la patte velue de son araignée à la serveuse.

— Vous la connaissez? murmure Ernest timidement.

— Bien sûr! Nicole est ma cousine.

— Ah bon! souffle Ernest, épaté.

Michèle sourit en songeant que dans la famille d'Édouard, les réunions doivent sûrement être très colorées et mémorables.

— Bon! Où est notre coffre maintenant? questionne Noémie.

— Oui! Est-ce que vous l'avez vu? ajoute Colin.

Édouard sourit.

— Vous pensiez que je vous avais oubliés, n'est-ce pas?

Les jumeaux baissent la tête.

— Vous avez été corrects avec moi et je ne suis pas un ingrat.

— On voit bien ça, dit Colin.

— C'est vrai, vous êtes tout maigre, ajoute Noémie.

Les jumeaux rient. Ils sont futés ces deux-là. En blaguant, ils détournent la conversation. Ainsi, ils ne sont pas obligés d'admettre qu'ils croyaient qu'Édouard leur avait menti.

— Je n'ai pas dit un «nain gras», j'ai dit un ingrat, comme ingratitude.

— Ah bon!

— En tout cas, vous êtes un impressionnant! s'exclame Colin en souriant.

— Faudrait pas me prendre pour un imbécile non plus, dit Édouard en riant.

— Mais moi, Édouard, j'étais certaine que vous étiez un nain capable, affirme Noémie avec assurance.

Édouard est ébranlé: «Un incapable! Moi?» Mais son doute se perd rapidement dans le fou rire général. Michèle et Ernest, jusque-là tendus comme des cordes de violon, se détendent soudainement et rient à s'en brasser les intestins. On se tape sur les cuisses et on se dilate la rate à grands coups d'effets sonores. Les minutes suivantes se déroulent dans une atmosphère joyeuse et folichonne.

De toute évidence, la fatigue n'est pas étrangère à un tel fou rire. Enfin, si cette récréation permet d'éliminer toute tension nerveuse entre eux, laissons-les se distraire quelques instants.

Et ce sont les jumeaux qui, les premiers, retrouvent leur bon sens et reprennent le fil de notre histoire. Édouard est alors bombardé de questions:

— Où?

— Quand?

— Comment?

— Pourquoi?

— Julius le connaît-il?

— Est-il dangereux?

Édouard tape sur la table.

— Un instant, papillons! Laissez-moi parler.

Les jumeaux acceptent et replient leurs ailes. Leurs parents sont tout ouïe. Édouard regarde son auditoire tout en se raclant la gorge.

— Voilà! Mardi soir, après plusieurs heures d'attente, j'ai enfin repéré notre homme...

— Deux jours! Ça fait deux jours! Mais... s'indigne Noémie.

— Noémie! réplique Édouard sur un ton ferme. Je l'ai vu dans une épicerie! Je ne savais même pas où il habitait, ni qui il était. Je n'avais pas d'informations précises à vous transmettre. Laissez-moi continuer.

Sans aucune autre interruption, Édouard raconte en détail ce qu'il a fait au cours des deux jours suivants. Comme vous n'étiez pas à table avec eux, je vais vous résumer la suite de son récit: mardi soir, Édouard a suivi l'homme jusque chez lui. Il était très tard et il a jugé préférable d'attendre au lendemain pour tenter quoi que ce soit. Il a simplement jeté un coup d'œil par la fenêtre et il a exploré rapidement les alentours. Cette nuit-là, il a dormi sur un banc dans le parc situé juste en face de l'immeuble. Le lendemain, vers huit heures, l'homme est sorti de chez lui et Édouard l'a suivi jusqu'à son lieu de travail. Ensuite, Édouard a mené une enquête sérieuse dans le voisinage.

Voici, à grands traits, le résultat de ses recherches: l'individu s'appelle Roland Beaupré et il travaille à la grande quincaillerie *Larose et filles*. Il est commis au rayon de la peinture et les gens semblent apprécier son travail. Il est ponctuel, affable et souriant. Dans le quartier, tout le monde l'aime bien. On le décrit comme quelqu'un d'assez timide, plutôt discret, honnête et solitaire. C'est un célibataire de cinquante ans. Il est végétarien et il travaille à la quincaillerie depuis une quinzaine d'années. On sait qu'il possède une impressionnante collection de boîtes à bijoux et de coffres. Un article sur cette collection a d'ailleurs été publié dans le journal de quartier. Il habite un logement de quatre pièces au rez-de-chaussée d'un immeuble de trois étages. Il loue un garage et c'est là qu'il fabrique et répare des coffres. Julius le connaît bien, le considère comme un ami et discute souvent avec lui de fabrication de coffres et de ferronnerie...

Fier comme Artaban, Édouard s'appuie contre le dossier de la banquette et il savoure son plaisir. Il a produit une forte impression et il en est très flatté.

— Ah oui! J'oubliais... J'ai des amis dans la police et je peux vous assurer que Roland Beaupré ne possède pas de casier judiciaire et qu'il n'a jamais eu de démêlés avec la justice.

Voilà! La dernière petite touche, le détail important qui identifie les grands hommes, la perfection dans l'enquête. Du travail bien ficelé, quoi!

— C'est bien beau tout ça, mais qu'est-ce qu'on fait maintenant? demande Noémie qui préfère encore les résultats probants aux belles recherches.

— Ouais! Même si on savait le nombre de grains de beauté que notre voleur a sur le dos, ça nous redonnerait pas notre coffre pour autant, ajoute Colin, peu impressionné par ce qu'il vient d'apprendre.

Alors là, Édouard est vexé.

— Mais vous êtes incroyables! Je vous donne toutes les informations dont vous avez besoin et vous trouvez quand même le moyen de chialer. Je...

— Merci! Merci! On ne vous adresse pas de reproches, explique vivement Noémie.

— C'est sûr que non, vous avez été formidable, renchérit Colin.

— Mais on aimerait savoir comment récupérer notre coffre, ajoutent les jumeaux en duo.

— On n'a qu'à appeler la police! suggère Ernest avec conviction.

— Non, non, non, je ne crois pas! réplique Édouard. Ce n'est pas nécessaire. Roland Beaupré n'est pas un mauvais gars. Juste un collectionneur un peu enthousiaste, c'est tout.

Noémie et Colin se regardent un bref moment avant de se lever d'un bond, ensemble, et de se diriger vers la sortie.

— Bon, dans ce cas-là on n'a qu'à aller chercher notre coffre!

— Voulez-vous attendre un peu, vous deux? ordonne Michèle d'un ton sec.

— Vous êtes trop pressés! tonne Édouard. Laissez-moi finir!

Les enfants rebroussent chemin et se rassoient en boudant. Le calme revient. Tous les yeux sont rivés sur le nain qui, à cet instant même, se sent grand et important.

— Voilà mes amis. J'ai un plan!

Michèle et Édouard attendent dans la ruelle mal éclairée, juste en arrière de l'immeuble où habite Roland Beaupré.

— Je dois admettre que j'ai peur, dit Michèle.

Elle est appuyée contre la clôture de la cour. En bougeant un peu, elle fait tomber un petit contenant de métal. Le bruit de la chute résonne dans la ruelle et fait fuir un rat qui était caché dans une poubelle.

— Attention! murmure Édouard. Soyons silencieux, il ne faut pas se faire remarquer. Ne vous inquiétez pas, je vous assure que cet homme n'est pas dangereux, ajoute-t-il.

Michèle est un peu rassurée, mais elle considère tout de même que la première partie du plan n'en finit plus d'aboutir. Et l'inconnu, elle déteste!

— Qu'est-ce qu'ils font?

— Laissez-leur le temps, dit tout bas le nain en surveillant la porte arrière du logement de Roland Beaupré.

Au même moment, à l'avant de la maison, Roland Beaupré répond à la porte en robe de chambre. Il est bien surpris de voir un homme d'âge mûr presque chauve et deux jeunes enfants le regarder d'un air méchant. Ernest s'avance et pousse la porte du pied tandis que les jumeaux lancent avec une assurance déconcertante:

— Monsieur Roland Beaupré, commis chez *Larose et filles*, nous savons que vous êtes en possession d'un coffre qui nous appartient et nous venons le récupérer.

— Laissez-nous entrer, ajoute Ernest en pénétrant dans le logement. Ou nous prévenons la police.

Le père est aussitôt suivi des jumeaux qui, eux, s'assoient résolument par terre dans le portique. Le premier *sit-in*! Un événement!

Monsieur Beaupré est en sueur. Mal à l'aise, il se met à bafouiller.

— Non, s'il vous plaît, pas la po..., pas la police... je... je voulais juste...

«Édouard avait raison, se dit Ernest, il n'est pas dangereux du tout ce type.»

— Vous ne pouvez nous échapper, nous avons des amis dans la ruelle! déclare tout de même Ernest d'une voix virile et convaincante (du moins le pense-t-il) et il emprunte le corridor en bombant le torse, à la manière de Sylvester Stallone dans *Rambo*.

Déjà Roland Beaupré craque; nos amis le voient reculer et s'effondrer sur une chaise dans le corridor.

— Non, debout, il faut aller ouvrir le porte de derrière, dit Colin en se levant et en respectant à la lettre le scénario prévu.

Pour sa part, Noémie entreprend l'exploration des lieux à la recherche du précieux coffre.

— Nous vous accompagnons, dit Ernest avec conviction.

Monsieur Beaupré se lève avec peine. Tout le poids du monde semble peser sur ses maigres épaules.

— Je... je vou-voulais juste...

— Plus tard! intervient Colin. On ouvre d'abord la porte de derrière!

Le pauvre commis se dirige péniblement, tel un automate défectueux, vers la porte arrière. Il est vaillamment encadré par Colin et Ernest.

— Enfin! déclare Michèle depuis la ruelle. La porte s'ouvre!

Contente et soulagée, la mère des jumeaux se précipite dans la cour arrière, suivie à grands pas par Édouard.

Aucune issue possible, monsieur Beaupré est maintenant cerné. On l'entraîne finalement au salon où il s'assoit sur le sofa. Il a la mine basse, c'est le moins qu'on puisse dire alors qu'il voit Michèle et Édouard s'approcher de lui.

— Pas la po..., la police, s'il vous plaît, pas la police, balbutie-t-il.

— Je l'ai trouvé, annonce Noémie, folle de joie, en entrant brusquement dans le salon et en déposant le coffre sur une petite table rouge de style inconnu.

— Il y a une enveloppe collée sur notre coffre, dit Colin en approchant. Elle est adressée à monsieur Julius Boivin...

Monsieur Beaupré retrouve un peu d'énergie.

— Oui, lisez, vous allez voir que je ne voulais pas voler le coffre. J'ai écrit ce texte avant votre arrivée, je voulais seulement examiner le coffre, je ne sais pas ce qui m'a pris, je n'aurais pas dû. Après avoir lu la lettre vous allez me croire...

Comme personne ne bouge, Édouard décide de prendre l'enveloppe et il se prépare à l'ouvrir lorsque Noémie intervient:

— La lettre est adressée à monsieur Boivin, on devrait peut-être aller le chercher. Il n'habite pas très loin.

— Bonne idée! lance Colin avant d'ajouter avec sa perspicacité habituelle: Julius Boivin connaît bien monsieur Beaupré, il va pouvoir nous aider à décider de son sort.

Édouard et les parents des jumeaux hochent la tête en signe d'acquiescement.

— Bon, d'accord, dit Ernest en faisant cliqueter les clés de la voiture. Je vais chercher l'antiquaire.

Monsieur Beaupré est effondré sur son sofa et il semble très malheureux. Il craint la réaction de Julius qu'il considère comme un ami. Il aime bien lui rendre visite et discuter avec lui de coffres, d'antiquités ou tout simplement du temps qu'il fait. S'il fallait que Julius se fâche et ne veuille plus le voir... Roland Beaupré perdrait un ami!

— Monsieur Beaupré, avez-vous ouvert notre coffre? demande tout à coup Colin.

— Non, je vous jure. J'ai essayé sans pouvoir y parvenir et je n'ai pas voulu le forcer, se défend Roland Beaupré avec conviction.

Les jumeaux s'approchent de leur coffre, le soulèvent et l'agitent à tour de rôle. Ils veulent s'assurer que le poids de leur précieuse découverte n'a pas changé et que les bruits provenant de l'intérieur sont identiques à ceux qu'ils connaissent. On ne sait jamais! Roland Beaupré est peut-être un menteur. Il a très bien pu prendre ce qu'il y avait dans le coffre et déposer autre chose à la place. Qui dit qu'il n'a pas remplacé les diamants par des pierres sans valeur?

Michèle regarde monsieur Beaupré. Il n'a vraiment pas l'air d'un criminel, il fait même peine à voir. On le devine très tourmenté et repentant.

On sonne à la porte. Édouard va ouvrir et il revient bientôt au salon, précédé d'Ernest et de Julius Boivin, l'antiquaire. Ce dernier a les cheveux en broussaille et ses bras battent l'air à la façon d'un moulin à vent. Ernest a informé Julius des derniers événements. L'antiquaire a les yeux brillants et tristes, il lève plusieurs fois les bras au ciel en gémissant et en fixant Roland Beaupré d'un air inquisiteur.

— Mais Roland! Pourquoi? Mais Roland...

L'arrivée de Julius bouleverse encore plus

profondément Roland Beaupré. Il se recroqueville comme s'il voulait disparaître. Ah! Ce qu'il aimerait être ailleurs et ne pas avoir à vivre cela! Cette insoutenable humiliation... Puis il se met à pleurer. De grosses larmes lourdes et chaudes coulent sur ses joues creuses.

— Mais Roland! Mais Roland! Roland?

Édouard tend l'enveloppe à Julius. L'antiquaire la prend et hésite avant de l'ouvrir. Il sort la lettre et commence à lire un texte tapé à la machine.

— Lisez à haute voix, s'il vous plaît, demande Noémie.

Julius la regarde, hoche la tête et se met à lire à voix haute.

Monsieur Boivin,
Je m'excuse. Je n'ai pas pu résister à la tentation d'emprunter ce coffre. Je voulais l'examiner. Il est si beau. J'espère sincèrement que je ne vous ai pas causé de problème.

Signé: Anonyme

Julius remet la lettre à Michèle.

— Vous voyez bien que je ne suis pas un vrai voleur. Je voulais seulement regarder le coffre plus attentivement. J'en fabrique de semblables, pas aussi beaux mais également sculptés. Toi, Julius, tu le sais bien? dit-il en jetant un regard implorant à son ami et il continue. J'ai une collection de coffres. C'est un geste irréfléchi que je ne comprends pas moi-même. S'il vous plaît, n'appelez pas la police. Je voulais remettre le coffre demain. Ma lettre vous le prouve... Julius? Pas la police..., non, supplie monsieur Boivin entre deux sanglots.

Michèle donne la missive à Ernest. Il la lit et la tend à Édouard. Les jumeaux n'éprouvent pas le besoin de prendre la lettre. Tous sont silencieux. Ils portent attention aux explications, aux excuses et aux supplications que monsieur Beaupré continue de leur adresser. D'ailleurs, son plaidoyer se poursuit encore un bon dix minutes. Il a vraiment peur de la police. Que va penser son patron s'il apprend cela? Va-t-il perdre son emploi à la quincaillerie? Va-t-il perdre son ami Julius? Et la prison! Va-t-on en prison pour cela? Roland Beaupré est très inquiet. Toute sa vie lui semble remise en question.

— Colin, viens voir, dit Noémie en entraînant son frère dans une grande pièce double.

— Wow! s'exclame Colin, très impressionné.

— Franchement..., renchérit Noémie. C'est vraiment beau!

Sur les tablettes installées tout autour de la pièce, du plancher au plafond: coffrets, coffres à bijoux et boîtes de toutes sortes. Il n'y a plus aucun espace libre. Une vraie caverne d'Ali Baba! Une imposante collection de coffrets de tous les styles s'offre aux yeux brillants des jumeaux!

— Venez voir! crie le duo.

Tous s'amènent rapidement, heureux de pouvoir s'éloigner de monsieur Beaupré qui leur fait tellement pitié. Ils entrent dans la pièce et... restent béats d'admiration.

— Je collectionne les coffrets depuis plus de vingt ans, déclare mollement monsieur Beaupré du salon.

— Vous avez une très belle collection! s'enthousiasme Michèle d'une voix assez forte pour que monsieur Beaupré puisse l'entendre.

— J'ai trois cent vingt-sept coffres! poursuit le collectionneur, non sans fierté.

Chacun se promène dans la pièce-musée et admire la collection. Il y en a vraiment pour tous les goûts: du baroque à l'art déco, en passant par le nouvel âge et le rococo, du plus pratique au plus inutile. Julius est le premier à retourner au salon. Il va vers son ami et le regarde dans les yeux sans rien dire. Les autres le rejoignent bientôt. Édouard s'approche des jumeaux.

— Qu'allez-vous faire maintenant?

— On va repartir avec notre coffre voyons, répond Colin.

— Je voulais dire au sujet de monsieur Beaupré, ajoute Édouard.

Noémie et Colin se regardent.

— Étant donné qu'il avait vol... emprunté votre coffre, je crois que vous avez votre mot à dire, déclare Michèle.

— Vous, monsieur Boivin, demande alors Colin, qu'en pensez-vous?

Julius lève la tête. Il jette un regard furtif à Roland Beaupré. Puis, il se retourne vers le mur comme s'il voulait se placer en retrait pour réfléchir un instant. Finalement, après seulement quelques secondes d'hésitation, il répond aux jumeaux:

— Mon ami Roland n'est pas un vrai voleur.

Monsieur Beaupré soupire de soulagement! Il vient d'entendre Julius dire «mon ami». Ces deux mots lui font chaud au cœur. Aussi, il esquisse un mince sourire et pose sur Julius un regard empreint de gratitude.

Les jumeaux s'éloignent un peu et discutent à voix basse.

La cuisine des Bouclair-Latendresse bourdonne d'activité. Six personnes s'agitent et s'excitent autour du coffre. C'est vrai qu'il est chouette! Avec la tête de pélican, les fleurs de lys, les petits castors et tout le reste!

Julius est le plus énervé. Clac, clac; clac, clac. Il n'arrête pas de se promener. La perspective de savoir enfin ce que le coffre contient lui donne des ailes et lui fait presque oublier la peine que son ami Beaupré lui a causée. Clac, clac, clac.

— Monsieur Boivin, assoyez-vous s'il vous plaît, demande Ernest agacé.

Mais l'antiquaire a des fourmis dans les jambes et il préfère dépenser son énergie en marchant plutôt que de trop penser au geste de Roland Beaupré. Ce... cet ami...

Le commis chapardeur n'est pas là, soit dit en passant. Il est tout seul chez lui, «comme un grand concombre». Les jumeaux ont décidé qu'il ne méritait pas d'assister à ce moment mémorable de l'ouverture du coffre.

— Vous avez bien fait d'accorder votre pardon à monsieur Beaupré, dit Michèle en pensant encore au commis. Le pauvre homme, je crois qu'il n'aurait pas pu supporter d'être traduit en justice.

Vous connaissez maintenant la décision

prise par les jumeaux. Permettez-moi de vous fournir quelques détails concernant ce sage verdict. Après avoir discuté un petit moment dans un coin du salon de monsieur Beaupré, Noémie et Colin se sont retournés et se sont approchés du commis de la quincaillerie. Ils l'ont regardé dans les yeux et lui ont dit: «Nous vous accordons notre pardon, mais ne recommencez plus.» De drôles de moineaux quand même, ces deux-là: leur pardon! Monsieur Beaupré a pleuré de joie. Les jumeaux ont ensuite ajouté: «Mais, pour votre punition, vous allez fabriquer pour chacun de nous un beau coffret en bois. Avec une serrure et de jolies ferrures.» «Avec plaisir! a répondu avec joie Roland Beaupré, trop heureux de s'en tirer à si bon compte. Je vais vous fabriquer deux très beaux coffrets! Vous allez voir! Vous allez être contents!»

Ils ne sont pas fous ces jumeaux-là! C'est vraiment une bonne idée de joindre l'utile à la magnanimité.

— Mais est-ce que vous allez l'ouvrir à la fin, ce fameux coffre? souffle Julius tout en piaffant d'impatience.

— Et si nous n'avions pas les bonnes clés? murmure Colin, soudain inquiet.

— Nous verrons bien! clame Noémie en allant chercher le trousseau.

— Dépêchez-vous! (Clac, clac, clac.) Dépêchez-vous! (Clac, clac, clac.)

— Monsieur Boivin! s'énerve Ernest en

posant la main sur sa coquille, signe qu'il a toutes les peines du monde à supporter les déplacements bruyants de l'antiquaire.

Édouard sourit. Il aime bien voir les autres s'énerver, ça le calme. Et puis, toute la famille l'a invité à passer la nuit à la maison: il est heureux! Il se sent si bien en compagnie des jumeaux. (Moi aussi, d'ailleurs!)

— Le grand jour est arrivé! claironne Noémie en revenant avec le trousseau de clés.

Il n'est pas loin de minuit, les jumeaux vont à l'école demain, mais leurs parents ont accepté de procéder dès maintenant à l'inauguration officielle du coffret. Entre vous et moi, c'est la moindre des choses. De toute façon, le récit arrive à sa conclusion et il faudra bien finir par l'ouvrir, ce fichu coffre.

Noémie s'apprête à insérer une clé dans la serrure lorsque le téléphone sonne! Elle suspend illico son geste. Tous se regardent, intrigués par un appel aussi tardif...

Un curieux silence règne maintenant dans la pièce et les six personnes présentes ressemblent à autant de statues inquiètes. Le mystère plane! Mais qui donc peut se permettre de téléphoner à minuit? La sonnerie stridente brise de nouveau le silence de la nuit.

— Et si c'était le fantôme d'Iberville qui veut nous prévenir de quelque chose? murmure Ernest d'une voix apeurée.

— Franchement, papa! souffle Noémie, les mâchoires serrées.

Ernest rit très fort et Michèle semble découragée.

Finalement, Colin s'approche de l'appareil et décroche.

— Oui, allô?... Aïe! s'écrie-t-il tout à coup en éloignant le combiné de son oreille.

La communication est très mauvaise et les grésillements sont insoutenables. Colin parvient tout de même à saisir plusieurs mots. Après quelques instants d'ébahissement, il pose la main sur le combiné et s'écrie en regardant Noémie:

— C'est Gertrude! Du Tibet!

Noémie s'approche aussitôt de son frère.

— Bonjour Gertrude! hurle Colin comme s'il voulait que sa voix porte jusqu'au Tibet. Mais oui, ici tout va bien, très bien.

La communication est tout à fait rétablie et Colin entend très bien l'«enquêteure» Gertrude Taillefer à l'autre bout du fil. Cette dernière, une bonne amie depuis leur enlève-ment[3], s'inquiète de leur sort, même de si loin.

— Non, non, crie Colin, rien de grave. On avait juste perdu un coffre. Mais un coffre très, très spécial, celui...

— Passe-moi le téléphone! intervient sèchement Noémie en tendant la main vers le combiné.

— Attends un peu! Tu vois bien que je

---

[3] *Dans les crocs du tyran*, Série **Les aventures des jumeaux géniaux**

parle! répond Colin en présentant son dos à sa sœur pour l'empêcher de s'emparer du téléphone.

— Non, non, le tyran n'a rien à voir là-dedans. Ne t'inquiète pas, Gertrude, nous voulions seulement...

Noémie le bouscule et grince des dents:

— Laisse-moi parler!

Derrière les jumeaux, Julius s'impatiente et il décide d'effectuer quelques enjambées autour de la table de cuisine pour se calmer. Ernest le fusille aussitôt du regard. Michèle regarde toujours le coffre.

— Un instant, Gertrude! poursuit Colin en mauvaise posture. Je te passe Noémie, elle veut te parler à tout prix.

Et tandis que Colin approche le combiné de l'oreille de sa sœur, il lui pince un bras de sa main libre.

— Aïe! hurle Noémie dans l'appareil.

À l'autre bout du monde, Gertrude sursaute et se frotte l'oreille. Elle comprend tout de suite qu'il s'agit d'une autre petite prise de bec fraternelle.

— Bonjour Gertrude! dit enfin Noémie en jetant un coup d'œil méchant à Colin. Oui, tout va bien... J'allais justement ouvrir notre coffre... Pardon? Oui, nous l'avons retrouvé. Et toi, comment ça va?

Pendant que Noémie prend des nouvelles de Gertrude, Julius se tire les cheveux. Ernest soupire. Michèle et Édouard fixent le coffre.

— Ah oui! Tu médites dans les hauteurs! Où ça?... À Lhassa, dans un... ASHRAM tibétain? Ah bon! Un monastère!

Noémie pose sa main sur le combiné et elle raconte aux autres ce qu'elle vient d'entendre:

— Gertrude médite dans les montagnes du Tibet, à Lhassa, dans un monastère.

Au bord de la crise de nerfs, Julius esquisse une moue d'impatience. Ernest hausse les épaules. Michèle et Édouard pointent le coffre pour inciter les jumeaux à couper court à leur conversation. Mais ces derniers sont de nouveau en grande conversation avec Gertrude et ils semblent même avoir oublié l'existence du coffre.

— Quoi? Top secret? s'exclame Noémie. Tu n'es donc pas en vacances?

Colin imagine tout de suite une mission superspéciale et secrète. Il se doutait bien que Gertrude n'était pas seulement une simple «enquêteure».

Gertrude leur demande d'être discrets à ce sujet. Les jumeaux se regardent d'un air entendu en hochant la tête: «Motus et bouche cousue!»

— Bon, tu peux nous faire confiance et méditer en paix, dit Noémie.

— Oui, c'est ça, viens nous voir à ton retour. Bonnes vacances! crie Colin près de l'appareil en faisant un clin d'œil à sa sœur.

Noémie raccroche.

— Enfin! s'exclame Julius en poussant un long soupir.

Julius n'est pas le seul à être soulagé. Après cette interruption, tout le monde est heureux de voir les jumeaux revenir au coffre. Noémie insère une des clés dans la serrure. Tous les regards sont fixés sur le coffre.

— Ça ne fonctionne pas! s'écrie-t-elle déçue en retirant la clé.

— Prends-en une autre! dit Colin. Il nous reste encore cinq chances.

— Qu'est-ce que tu penses que j'allais faire? riposte Noémie en introduisant une deuxième clé dans la serrure.

— Celle-là non plus ne fonctionne pas, se fâche-t-elle. Tiens, essaie, toi.

Colin ne se fait pas prier. Il prend le trousseau et en tire une troisième clé. Suspense...

— Cette clé est trop grosse! Elle n'entre même pas dans le trou.

Pour la clé suivante, les jumeaux décident de manœuvrer ensemble. Ils sont un peu superstitieux. Nouvelle déception, ce n'est toujours pas la bonne. Plus que deux chances! Les enfants s'inquiètent. Les adultes attendent avec anxiété. Le silence est lourd et imposant. Tous ont les yeux rivés sur les clés.

Noémie et Colin insèrent l'avant-dernière clé; celle-ci pénètre facilement dans le trou de la serrure. Les jumeaux tournent lentement vers la droite et... le couvercle se soulève.

T'es chou avec une cravate, dit Noémie avec un grand sourire coquin et de petites fossettes rieuses.

— Toi, t'es pas mal choucroute avec ta blouse fleurie et ta jupette, réplique Colin.

Les jumeaux assistent à une vraie de vraie cérémonie officielle, sérieuse et tout, en grande pompe comme on dit. Ils sont même les vedettes de la soirée organisée par le Musée national d'histoire. Vous imaginez bien qu'ils sont flattés.

— C'est qui le fou qui a inventé la cravate? soupire Colin.

Il a l'impression d'étouffer avec ce morceau de tissu inutile autour du cou.

Ils sont chics, c'est pas croyable! Faut dire qu'ils vont paraître à la télévision et que des journalistes ont été invités à la cérémonie.

Les parents des jumeaux se sont eux aussi mis sur leur «trente-six». Pour Michèle, qui est toujours élégante, cela ne fait pas une grande différence. Mais il faut voir Ernest! Il est méconnaissable! On peut presque dire qu'il paraît bien. Quant à Édouard, il a un succès bœuf! Il s'est offert un nouveau nœud papillon pour l'occasion: joli comme tout et qui ressemble à un vrai papillon. Pour sa part, Julius a fait de son mieux. Il a ciré ses souliers à claquettes et il porte un complet, sauf qu'il a oublié de rentrer sa chemise dans son pantalon. Curieux comme effet, mais cela ajoute une petite note de gaieté à la soirée.

Dans la grande salle, une dame chic suscite l'attention de tous et chacun. Radieuse, elle sourit à tout le monde, va d'un groupe à l'autre, offre des coupes de champagne, serre avec diplomatie la main du ministre du Patrimoine national. Il s'agit bien sûr de madame Fratilipo, la conservatrice du Musée national d'histoire. Elle est au septième ciel! Il est vrai que ce n'est pas tous les jours que le musée reçoit un tel don! Oui, oui, vous avez bien compris : les jumeaux ont donné leur coffre et tout ce qu'il contient au Musée national d'histoire. Et qui plus est, ils ne regrettent même pas leur décision bien que celle-ci ait été très difficile à prendre. De vrais héros!

Depuis quelques jours d'ailleurs, ils font la manchette des journaux et on les voit souvent à la télévision. La célébrité!

Mais Noémie et Colin commencent à déchanter. La célébrité, au début, c'est rigolo, ça fait rougir d'envie les amis jaloux, ça permet de jouer à l'humble, ça redore l'ego... Mais ils n'ont plus le temps de vaquer à leurs activités régulières et ils sont constamment sollicités pour des entrevues ici et là. Ils ne peuvent sortir de la maison sans subir l'assaut des photographes. Tous ces flashes aveuglent. C'est lassant à la fin! Les jumeaux ne pensaient jamais qu'en ouvrant le coffre, toute leur vie allait être ainsi bouleversée.

— Je vous remercie encore mes chers enfants! s'exclame la directrice en serrant les jumeaux sur son cœur.

«Elle est collante celle-là!» «Et puis, elle est trop parfumée!» «Va-t-elle nous laisser tranquilles deux secondes!» pensent les jumeaux en souriant de toutes leurs dents.

Sur une table de marbre recouverte d'une nappe brodée, les gens peuvent admirer le coffret et les précieux objets délicatement déposés tout autour. Un photographe s'approche et immortalise la scène sur pellicule: zoom sur la bague et la médaille du chevalier de Saint-Louis, gros plan de la lettre-testament manuscrite de Pierre Le Moyne, sieur d'Iberville...

Mais j'y pense tout à coup! Vous n'avez pas vu le contenu du coffre! Vous ne savez donc pas ce qu'il contenait d'autre. Tant de merveilles hors de votre portée...

Quel dommage!

Chers lecteurs,

Nous vous demandons de bien vouloir nous excuser de la manière cavalière avec laquelle ce narrateur impoli s'est permis de mettre fin à son récit. Et il n'a jamais voulu démordre de cette conclusion pour le moins inattendue. Pour notre part, nous considérons que nos nombreux et fidèles lecteurs méritent plus d'égards. Vous avez tout à fait le droit, chers lecteurs, de connaître le contenu du coffre. Espérant ainsi satisfaire une curiosité toute légitime, voici donc la description des différents objets qui ont été retrouvés à l'intérieur du coffre:

• Une médaille en forme de croix et une bague que le roi de France, Louis XIV le Grand, avait données à Pierre Le Moyne, sieur d'Iberville, le 25 août 1699 en le consacrant chevalier de Saint-Louis. Louis XIV tenait à récompenser l'explorateur pour la découverte de l'embouchure du Mississipi et la création de la Louisiane. Pierre Le Moyne fut le premier Canadien (c'est ainsi que s'appelaient les natifs de la Nouvelle-France) à recevoir ce titre.

• Une petite bourse en cuir contenant plusieurs pièces de monnaie, dont cinq louis d'or.

• Un couteau de chasse au manche sculpté dans les bois d'un orignal. Ce couteau ressemble à ceux qu'utilisaient les coureurs des bois de cette époque.

• Une courte lettre écrite de la main de Pierre Le Moyne, sieur d'Iberville, à bord du bateau *Le Juste*, en rade dans le port de La Havane, quelques jours avant sa mort survenue le 9 juillet 1706. Bien que cette lettre soit écrite en vieux français, nous sommes persuadés que nos lecteurs ont le droit de la lire. Voilà pourquoi nous la reproduisons pour vous. Veuillez noter que le chevalier d'Iberville était bien meilleur marin qu'écrivain et que nous nous sommes permis de rendre la lettre le plus lisible possible en modernisant quelques mots.

Merci à toutes et à tous pour votre compréhension. N'hésitez pas à nous écrire pour nous faire part de vos commentaires. Nous serons toujours heureux de vous lire.

L'éditeur

P.-S.: Nous espérons que notre charmant et extraordinaire auteur ne s'offusquera pas trop de l'initiative que nous avons prise, car nous tenons beaucoup aux jumeaux géniaux.

La Havane, le 9 juillet 1706

Jay icy grande peine. Sur une coste lointaine, près d'une isle espagnole, loin de la Nouvelle-France, je vais mourir. J'aurois absolument empesché les Anglois d'attaquer la Nouvelle-France et la Louisiane à tout jamais avec cette campagne. J'espère que nous aurons toujours de quoy se bastir sur ces belles terres.

Je donne à mon compagnon et ami, Jean-Baptiste, coureur des bois, ces quelques objets pour les ramener en mon pays.

Dieu fasse que le génie françois vive toujours en Amérique.

Pierre Le Moyne, sieur d'Iberville et chevalier de Saint-Louis.

Christian Lemieux-Fournier a toujours aimé s'inventer des histoires farfelues, se raconter des choses et recréer le monde en jouant avec les mots. Tout jeune, en route vers l'école, il était tantôt hockeyeur, tantôt espion ou alpiniste, parfois même une montagne, un nuage ou tout simplement le vent. Il était ce qu'il désirait être, selon sa fantaisie.

Maintenant, il est plus vieux, il a moins de cheveux et il a deux enfants, mais il n'a pas grandi, ou si peu.

La preuve: il s'invente encore des histoires.

Avec les aventures rocambolesques des jumeaux géniaux, il accepte enfin de partager ses histoires avec nous.

Il espère que Noémie et Colin plairont à tous les jeunes et les aideront à réinventer le monde.

Super
SÉRIES

Les aventures de Tom et Jessica

N° 1

Une visite à Disneyland! Le rêve de Jessica Biondi (Jessie pour les intimes) va enfin se réaliser… Mais le rêve se transforme vite en cauchemar. La rencontre d'une nouvelle amie, Serena, entraîne la jeune Jessie dans une prise d'otages menée par le dangereux Dragon. Prisonnière à Disneyland, Jessie aura à affronter un complot d'une envergure telle qu'il lui faudra déployer tout son courage et toute son intelligence pour en sortir victorieuse.

Les aventures de Tom et Jessica

N° 2

L'enlèvement d'une amie de classe,
la jolie Diane, entraîne le jeune Tom Biondi
dans une palpitante chasse aux mystères.
Sa nature fougueuse et audacieuse le guide
jusqu'à de dangereux criminels qui,
pour une rançon, mettent en péril la vie
de Diane... et la sienne. Malgré les
embûches qui se multiplient,
Tom saura-t-il tirer son épingle du jeu?

LES AVENTURES DES JUMEAUX GÉNIAUX

N° 3

Enlevés et séquestrés par un directeur
d'école secondaire aux sombres desseins,
égarés dans une forêt noire et touffue,
pourchassés par des chiens terrifiants,
Noémie et Colin devront utiliser toutes
les ressources de leur imagination pour
affronter courageusement leur destin
sans perdre la boussole! Parviendront-ils
à déjouer les plans de ce
fou dangereux?

ACHEVÉ   D'IMPRIMER
EN   FÉVRIER   1997
SUR   LES   PRESSES   DE
PAYETTE & SIMMS INC.
À SAINT-LAMBERT (Québec)